LA

CITÉ MAUDITE

Poème Biblique

PAR

BÉNIGNE HUYET.

BORDEAUX,

IMPRIMERIE DE JUSTIN DUPUY ET COMP.,

RUE MARGAUX, 11.

LA

CITÉ MAUDITE.

LA

CITÉ MAUDITE

Poëme Biblique

PAR

BÉNIGNE HUYET.

BORDEAUX,

IMPRIMERIE DE JUSTIN DUPUY ET COMP.,

RUE MARGAUX, 11.

INTRODUCTION.

L'humanité a eu trois phases : le triomphe de l'unité de Dieu par le **TEMPLE** de Jérusalem; celui de la force physique par le **CAPITOLE**; celui du principe moderne par la **CROIX**.

En décrivant la grande lutte d'un peuple qui s'éteint contre un peuple destiné lui aussi à périr, j'ai voulu montrer le Christ appelé à survivre à tous les deux.

La ruine de Jérusalem par les Romains, tel est mon sujet.

Quel *fond* me présentait-il? Des assauts, des batailles, des incendies, des reflets d'Homère et du Tasse, l'ennui. Il fallait traiter cette matière selon nos goûts modernes ou y renoncer. Il ne fallait pas seulement des

1*

hommes, il fallait l'homme ; les colères d'un peuple exalté jusqu'au délire, il fallait la passion personnelle. J'ai donc fait jaillir du drame général un drame privé.

La donnée de l'action générale est philosophique ; celle du drame privé est morale. Le bien et le mal, ces deux principes éternels, devaient être mis en présence ; le cœur humain opposé à lui-même, et dans la balance, j'avais à jeter le poids du tentateur, du conseiller funeste, de l'auxiliaire du principe mauvais. Néron ne serait point tout-à-fait Néron sans Narcisse ; Phèdre, sans Œnone, aurait peut-être triomphé d'elle-même ; sans Iago, Othello n'aurait pas tué Desdémona.

La *forme* a son ennui comme le fond :

Et nous péchons un peu par l'uniformité (1).

Je me suis fait ce raisonnement : l'ÉPOPÉE, le DRAME, le LYRISME, voilà la poésie ; si je réunissais ces trois genres, je retrouverais tout : la palette, le théâtre et la lyre ; il n'y aurait pas violence à les réunir, car ils se contiennent tous les trois. La fusion chassera l'uniformité, et j'ai adopté la fusion.

---

(1) Voltaire.

PROLOGUE.

❧

Aux Chrétiens.

Sur le mont, dans la plaine, éclairez toute voie ;
Oh! qu'ils sont beaux les pieds des hommes qu'on envoie!

Courez, volez, Chrétiens, le Seigneur vous conduit ;
On voit tomber la fleur quand le fruit doit paraître ;
Moïse était la fleur et le Christ est le fruit :
Jérusalem n'est plus, mais une autre va naître.

Dans la funèbre nuit des superstitions,
Pour leurs yeux éperdus demandant les étoiles,
Sur une mer mauvaise on voit les nations
Flotter quatre mille ans à la merci des voiles ;

Si parfois quelque sage éclaire les sommets
Comme un phare pâli de cet océan sombre,
Au milieu des récifs il ne montre jamais
Que de vagues lueurs à la raison qui sombre.

Le ciel nous annonçait le Christ, verbe éclatant,
Foyer d'où doit jaillir la lumière féconde ;
On l'attendait toujours, et le puits de Satan
Ne cessait d'épaissir les ombres sur le monde.

Israël rassemblé sous le mont qui tonna,
Ne vit qu'un jour douteux dans Moïse lui-même.
Enfin parut le Christ. Ce prophète suprême
Vint, enseigna, mourut ; — le monde rayonna.

Sur le mont, dans la plaine, éclairez toute voie ;
Oh! qu'ils sont beaux les pieds des hommes qu'on envoie!

Et ce Christ sur la terre a passé cependant
Comme sous l'herbe haute une source ignorée ;
Mais bientôt cette source est un fleuve abondant,
Baignant les nations de son onde sacrée.

Si le sang des martyrs a rougi les autels,
Les dieux l'ont expié par d'immenses ruines :
La croix, arbre puissant, aux rameaux immortels,
Jusqu'aux bornes du monde allonge ses racines.

Le Verbe règne seul, les Césars sont tombés ;
Le maître des Etats brise le sceptre antique :
Le bâton pastoral sur les peuples courbés
S'étend pour les bénir, houlette pacifique.

D'où viennent ces géans, féroces, demi-nus,
Au langage sonore, aux armures étranges ?
Ils embrassent la croix. Le Messie a ses anges
Pour expliquer son verbe aux hommes inconnus.

Sur le mont, dans la plaine, éclairez toute voie;
Oh! qu'ils sont beaux les pieds des hommes qu'on envoie!

Mais Jésus a senti la main d'un conquérant,
La bannière chrétienne a connu la défaite;
L'Evangile insulté voit s'ouvrir le Coran :
Quel est ce nouveau peuple et ce nouveau prophète ?

A la voix de l'Hermite, à la voix de Bernard,
Bouillonne à pleins canaux l'intarissable armée :
Tancrède, Godefroy, Montmorency, Richard
Casqués, la lance au poing, fondent sur l'Idumée.

Ah ! l'ennemi fatal, ce n'est point Mahomet,
C'est l'orgueil, ce serpent qui naît au cœur de l'homme,
Qui redresse son front contre le ciel, qui met
La discorde et la haine entre le monde et Rome.

L'orgueil a fait le schisme, effroyable cancer
Creusant au flanc du Christ sa retraite profonde,
Et renaissant toujours sous le tranchant du fer
Qui n'extirpera point sa racine féconde.

La raison se révolte et veut être sa loi;
Luther discute et nie; excitant les risées,
Voltaire, esprit jaloux, veut abattre la foi,
Plus fatal que Luther aux âmes divisées.

On attaque le ciel, à toute heure, en tout lieu,
Et l'incrédulité monte jusqu'au blasphême;
On disait : Dieu n'est pas, et l'on dit : Je suis Dieu;
«Tout est Dieu» maintenant, «excepté Dieu lui-même»

Qui donc viendra guider notre pas égaré?
Qui peut dire où l'on va? Qui peut dire où nous sommes?
Réveille-toi, Sauveur; donne-nous d'autres hommes
Qui parlent comme Paul, plein du souffle sacré.

Sur le mont, dans la plaine, éclairez toute voie;
Oh! qu'ils sont beaux les pieds des hommes qu'on envoie!

LIVRE PREMIER.

PREMIÈRE PARTIE.

—

Le chant de Débora.

Il y aura une grande douleur..... Sachez qu'elle sera bientôt sur le seuil.

(SAINT MATTHIEU, ch. XXIV, v. 21 et 33.)

SOMMAIRE. — Jéhu gémit sur Jérusalem. Rachel, sa jeune épouse, se confie dans le secours de Dieu, et dans un élan patriotique, saisissant une cythare, elle dit le chant national de Débora. Elle finit à peine, que la trompette sonne : transporté d'ardeur, Jéhu prend ses armes et court à la défense des murailles.

(Maison de Rachel. Jéhu se prépare pour le combat.)

RACHEL.

Rome sera vaincue.

JÉHU.

Ah ! n'aurais-je des pleurs
Que pour Jérusalem ! J'en ai pour tes malheurs.

Si je ne t'aimais pas, souriant à l'orage,
Je me reposerais dans la paix du courage ;
Puis, quand nous toucherions à nos derniers momens,
— Tout mon sang me le dit par ses bouillonnemens, —
Pour que Juda, s'il est condamné, mourût libre,
A la tête des miens, sur les soldats du Tibre
On me verrait tomber et tous, lions ardens,
Avec le fer, avec les mains, avec les dents,
Nous leur disputerions nos murs pierre par pierre,
Jusqu'à ce que, brisés, mais vengés par la guerre,
On nous eût cloués tous, suprême volupté !
Sur le sein maternel de la grande cité.
Mais je t'aime, Rachel, et si Dieu nous sépare,
Si notre enfant broyé sous les pieds d'un barbare....
Ah! voilà ce qui met le deuil dans mon hymen,
Pourquoi ma main frémit, lorsqu'elle prend ta main,
Pourquoi je suis pensif.

RACHEL.

       Ta crainte est mal fondée ;
Tu prends un rêve affreux, Jéhu, pour une idée.
Nous pouvons opposer à ces vains assaillants
D'inexpugnables tours et des hommes vaillants.
Que peuvent leurs béliers? Plus folle qu'un reptile
Qui mord une colonne en sa rage inutile
Et s'y brise les dents, Rome usera ses dards
Sur l'armure du brave et le roc des remparts.

JÉHU.

Rome venge le ciel.

RACHEL.

Erreur! le ciel nous aime :
Un père égorge-t-il son enfant?

JÉHU.

S'il blasphème,
—Ne blasphème-t-il pas? —Dieu fouille en son trésor,
En tire ses fureurs. Nabuchodonosor
Surgissant tout-à-coup dans nos coupables fêtes,
Vient secouer des fers au-dessus de nos têtes.

RACHEL.

Eh bien ! nous cèderons, nous quitterons ces lieux ;
Le bonheur est pour nous quelque part sous les cieux
Tu me restes; qu'importe où le sort nous envoie ?

JÉHU.

Rachel, si d'un romain tu devenais la proie...
Si loin de moi....
(Mouvement de Rachel.)

RACHEL.

Jéhu, cela ne sera point.
Me jugerais-tu donc indigne et lâche au point
De subir les baisers d'une bouche ennemie
Et d'accepter de vivre avec cette infamie?

2

Près de toi, mon Jéhu, retenue à ton flanc,
Je verrai sans pâlir le feu, le fer, le sang,
Et nous serons vainqueurs; ou bien, livrés aux flammes,
Dans une même mort confondant nos deux âmes,
Holocauste suprème offert à l'Immortel,
Nous nous nous immolerons tous deux sur son autel.

JÉHU.

(Avec transport.)

Rien ne vaut ma Rachel, ma Rachel est sublime !
Réchauffe donc ma foi. Défenseur de Solyme,
Pour que ce mâle espoir ne m'abandonne point,
Pour que mon javelot vibre mieux à mon poing,
Pour qu'il s'enivre mieux de leur sang, prends ta lyre,
Redis-moi, dans ces chants où tant de feu respire,
Ces peuples que de Dieu le courroux dévora ;
Fais éclater Judith, Moïse, ou Débora ;
Et nous serons vainqueurs ou nous mourrons ensemble.

(Inspirée, Rachel saisit une cythare)

Mais qu'elle est belle ainsi ! la chevelure tremble,
Le front s'est redressé, l'œil brille, le sein bat,
Le geste menaçant appelle le combat.

CHANT LYRIQUE. — *DÉBORA*.

I.

O vous, qui n'écoutiez que le cri de vos âmes,
Lorsque, seuls d'Israël, les yeux roulant des flammes,

On vous vit bondissant
Au milieu des épées,
Des cuirasses trempées
De sueur et de sang,
Le ciel attend de vous l'hymne reconnaissant.

Lorsque vivait Jahel, nos peuplades troublées (1),
Au grincement des arcs descendus d'Haroseth (2),
Abandonnaient les monts, désertaient les vallées :
Par de secrets sentiers le voyageur passait,
Et l'on n'entendait plus le tambour et le cistre
Aux vallons où jadis la jeunesse dansait :
— Il régnait dans ces lieux un silence sinistre.

C'est que les nobles chefs, cœurs de bronze et bras forts,
Dont le pas redouté résonnant sur nos plages,
Eloignait de nos seuils l'insulte et les ravages,
            Etaient morts.

---

(1) An du monde 2599, et avant Jésus-Christ 1405. Jabin,
roi de Chanaan, fort de 900 charriots de guerre, opprimait
Israël depuis vingt ans. Les tribus de Benjamin et d'Ephraïm
étaient les plus exposées à leurs invasions : elles crièrent au
Seigneur, qui suscita une prophétesse, Débora. Celle-ci excita
le courage du général Barac, qui, à la tête de 10,000 hommes,
marcha contre Sisara, général de Jabin. L'action eut lieu dans
la contrée de Méromé, baignée par le Mageddo et le torrent
de Cison. Dieu frappa les Amalécites d'une terreur panique, et
les Israélites furent vainqueurs, malgré leur petit nombre ; car
il n'avait paru au combat que les deux tribus attaquées et deux
tribus auxiliaires, Zabulon et Nephthali ; les autres étaient res-
tées chez elles : c'est ce que leur reproche Débora dans son
cantique. Le général ennemi Sisara, ne se fiant pas même, dans
sa terreur, à la rapidité de son char, s'enfuit à pied, et passa
devant une tente israélite, celle de la femme Jahel, épouse
d'Haber. Haber était un homme important : l'Écriture dit : « La
maison d'Haber était alors en paix avec Jabin, roi de Chanaan. »
C'est ce qui explique la confiance de Sisara. On sait le reste :
Jahel lui enfonça un clou dans la tempe pendant qu'il dormait.
(2) Ville des Amalécites, fameuse par ses arsenaux.

Mais enfin parmi nous une femme éprouvée,
La mère d'Israël, Débora, s'est levée.

Ecoutez tous la vérité :
Jamais du mensonge éhonté
L'impure main n'ouvrit ma bouche,
Ecoutez tous la vérité :

Sisara s'avançait, le front haut, l'œil farouche,
Et nous avions rangé contre nos oppresseurs
Aux portes de nos camps dix mille défenseurs ;
Mais sans faire un seul pas nous gardions le silence,
Le bouclier dormait à côté de la lance.
Dieu souffle, — et nos tyrans sont tombés foudroyés
Et broyés.

II.

O vous que la justice a placés sur un siége (1)
De gloire et de terreur,
Qui, pour punir la faute et redresser l'erreur,
Sur des mules portés, plus blanches que la neige,
Parcourez les tribus, les tentes d'Israël,
Criez, élevant jusqu'au ciel
Débora, l'inspirée, et la forte Jahel,

Criez à haute voix : « Que le peuple tressaille ;
» Qu'il s'enivre de joie et d'orgueil en ces lieux,
» Où la fureur divine embrasant la bataille,
» De l'impure Haroseth dévora les essieux,
» Et dans ses tourbillons enveloppa l'armée
» Comme une gerbe vide à l'instant consumée
Et disparue aux yeux.

---

(1) Les magistrats, pour rendre la justice, se transportaient de tribu en tribu ; il est naturel que la prophétesse Débora les charge de publier partout cette victoire.

» Courez en foule vers les portes
 » Qu'assiégeait Chanaan jaloux ;
» Rompez un long silence et réjouissez-vous ,
» Le ciel a dissipé ses terribles cohortes.
 » Chantez, dansez, car il est doux ,
 » Au retour de ces grandes luttes ,
» De renouer les chœurs une main dans la main
» Et de tresser en paix les roses de l'hymen
 » Au son des tambours et des flûtes. »

Levez-vous, éclatez par de mâles accents ;
Lève-toi , général , lève-toi , noble femme ,
Et que votre hymne ouvrant ses deux ailes de flamme
S'élance au ciel , poussé par des souffles puissants.

III.

Descendus des hauteurs, de braves capitaines,
Izachar, Zabulon, de leurs tentes lointaines (1),
Sur les casques houleux, sur des moissons de fer,
 Généreux téméraires,
Se sont précipités, à l'appel de leurs frères,
 Comme dans un gouffre entr'ouvert.
Ruben n'est pas venu, — Ruben , tribu prochaine ; —
Troublé par la discorde, il est tout à sa haine,
Et n'ouvre point ses yeux sur nos persécuteurs.
Morne, il prête l'oreille aux chants de ses pasteurs.
Quoi ! tu ne franchis pas, Ruben, frère barbare,
 Cette ligne qui te sépare
D'Ephraïm hérissé contre d'affreux lutteurs !
 Au bruit de l'ardente bataille,
Quoi ! Nephthali frémit ! quoi ! Zabulon tressaille ,

---

(1) Ces tribus étaient les plus éloignées d'Ephraïm et de
Benjamin attaqués par les Amalécites. Ruben, lui, avoisinait le
théâtre de la guerre.

2*

Accourant pour chasser les rois dévastateurs ,
Et tu prètes l'oreille aux chants de tes pasteurs !

Dan couvre de vaisseaux les mers de Phénicie ;
Au-delà du Jourdain , sur une herbe épaissie,
    Au bruit des ruisseaux murmurants,
Galaad a fermé ses yeux indifférents ;
    Azer, assis sur le rivage ,
A dans ses ports muets enchaîné son courage.

Eh ! quoi ! Dan , Galaad , Aser, pas une main
Pour défendre Ephraïm? tous les cœurs sont de glace
    Pour la cause de Benjamin?
Et ces tribus sont là, tranquilles, à leur place?
Mais ne voyez-vous pas Nephthali tout armé ?
Mais ne voyez-vous pas Zabulon, forte race ,
    Dans les plaines de Méromé
    Fondre, le visage enflammé ,
Rattachant en chemin son casque et sa cuirasse?

IV.

Les rois chananéens au bord du Mageddo
Sont tombés sur nos camps, plus prompts que le tonnerre.
Leurs chars s'étaient promis le butin de la guerre ;
Mais ils sont revenus , légers de tout fardeau.

Oh ! si vous aviez vu cette grande déroute !
Le ciel prêtant l'oreille aux cris de Débora,
A combattu contre eux , et sans quitter leur route,
Les astres ont fait fuir le pâle Sisara.

Le torrent de Cison, gonflé de ce carnage,
Se soulève , indigné du poids de tous ces morts ;
Sa vague débordée inonde son rivage :
Foulons, foulons aux pieds les cadavres des forts.

Voyant tonner sur eux la Justice immortelle,
Tous ces rois étaient pris d'une épouvante telle
Qu'on entendait tomber l'ongle de leurs chevaux
Sur les chemins rougis d'une sanglante écume,
  Comme on entend aux arsenaux,
  Sur le dos épais de l'enclume,
  Lorsque la fournaise s'allume,
   Tomber les marteaux.

v.

  Bénissez Jahel dans sa tente,
  Louez le sauveur d'Israël ;
  Dans vos hymnes chantez Jahel,
  Femme d'Haber, femme éclatante.

Sisara fugitif de sueur ruisselait :
A son hôte altéré, dans une coupe rare,
Digne d'un général, l'héroïne prépare
   Une crème de lait.

Quand un sommeil de plomb amène l'heure sombre,
Prévoyante, Jahel le couvre d'un manteau :
Le clou dans une main, dans l'autre le marteau,
  Muette, elle avance dans l'ombre.

Calme pour la vengeance, elle cherche de l'œil
Une place choisie à la pointe acérée ;
Puis, elle frappe au front d'une main assurée.
Amalec, Amalec, abaisse ton orgueil :
Sanglant et convulsif, ton général se roule,
Et sous son pied vainqueur une femme le foule.

Sa mère cependant criait dans la maison,
Du retard de son fils demandant la raison ;

Elle va, court, s'agite et vole à la fenêtre :
« D'où vient que si longtemps son char reste à paraître?
Qui lui rend aujourd'hui, si rapides toujours,
Qui lui rend les essieux et les chevaux si lourds? »
Une femme inspirée entre toutes les autres,
Et d'un air convaincu : « Mais avant son départ,
Dans le butin commun ne fait-il point sa part?
Pourquoi donc ces clameurs? Quels chagrins sont les vôtres?
Il choisit les couleurs des riches vêtements,
Les colliers, les joyaux, les autres ornements;
Il lui faut une esclave, il cherche la plus belle. »
Cet espoir apaisait la crainte maternelle.

Que tout blasphémateur de ton nom redouté,
    O Seigneur, soit ainsi traité!
Mais que ceux, ô mon Dieu, qui gardent ta mémoire;
Mais que ceux, ô mon Dieu, qui ne cessent de croire,
Ressemblent au soleil roi de l'immensité.

    (Rachel achève à peine, qu'on entend le bruit de
la trompette.)

JÉHU.

Prenons donc la cuirasse aux ardentes écailles;
Prenons le fer vengeur et courons aux murailles.
Oui, oui, je combattrai pour défendre Sion,
Je combattrai, malgré sa condamnation.
Ma tête sous les maux ne sera point courbée;
Mais donne-moi ton âme, ô Judas Machabée,
Et ceins-moi de ton glaive.
    (A Rachel.)
        Ecoute. Reste ici,

Le temps n'est pas venu d'armer Rachel aussi,
Nous saurons reculer encor la suprême heure.

RACHEL.

Sois prudent.

JÉHU.

Dieu sans toi ne veut pas que je meure.

(Il part. Rachel entend les cris de son enfant posé
dans un berceau, et court à lui en soupirant :)

RACHEL.

Ah! maintenant je tremble à ses cris, à ses pleurs,
Et par lui je vois mieux au fond de nos malheurs.

DEUXIÈME PARTIE.

—

Bataille.

> Je les poursuivrai, je les saisirai, et je ne rentrerai pas qu'ils ne soient brisés... Je les broirai... je les pulvériserai comme la poudre que le vent emporte, comme celle qui blanchit nos pieds dans les carrefours.
>
> (*Psaume* XVII, v. 41, 42 et 46.)

SOMMAIRE. — Les assiégés font une sortie contre le camp romain. — Un chœur israélite éclate, dans lequel sont mises en présence la folle audace de Rome et la puissance de Jéhova. Simon, fils de Gioras, maître d'une grande partie de la ville, harangue les troupes et leur promet la protection du ciel. On s'élance au combat. — Chœur héroïque auquel répond un autre chœur dans le camp ennemi. Ici, le poète prend lui-même la parole et déroule l'action.

(La scène est d'abord aux portes où s'agitent et se condensent les boucliers et les javelots ; elle est ensuite dans la plaine où les deux armées se rencontrent.)

I.

CHŒUR DES ISRAÉLITES.

Reine de l'Occident, maîtresse de la terre,
Rome, forte aux combats, nous apporte la guerre,
Et répandant partout ses nombreux bataillons,
Dessèche nos torrents et remplit nos vallons.

« Solyme, a-t-elle dit, croulera dans les flammes,
» Je broirai ses enfants, j'égorgerai ses femmes. »
Mais le dessein de Dieu dès longtemps arrêté
Ne fut jamais la mort de la sainte cité ;

Oui, nous exalterons dans nos divins cantiques
Le renouvellement des prodiges antiques ;
Dieu la dévorera, confiante en ses dards,
Ses boucliers, ses pieux, ses chevaux et ses chars.

Sabaoth immortel, cette insensée ignore
Qu'au feu de ton regard le rocher s'évapore,
La montagne s'écoule, et qu'effrayé comme eux,
Le Jourdain se soulève et reflue écumeux.

Puisqu'elle veut, Seigneur, nous ouvrir une tombe,
Que votre bras la pousse et qu'elle-même y tombe ;
Faites sur son orgueil souffler votre fureur,
A ce camp formidable imprimez la terreur ;

Car elle a dit : « J'irai souiller le tabernacle,
» J'imposerai silence à la voix de l'oracle,
» J'égorgerai le prêtre, et mon bras souverain
» Arrachera l'hostie à son autel d'airain. »

— « Mais leurs iniquités, dit le dieu des armées,
» Sont là, dans mes trésors ; je les tiens renfermées
» Sous mon sceau tout puissant, et le jour va venir
» Où je le lèverai pour frapper et punir ;

» La vengeance est à moi. Laissez à ma colère
» Le soin de préparer au géant son salaire ;

» Je veux rassasier mes flèches de son sang
» Et fouler sous mes pieds son cadavre gisant.

» De chants victorieux que Sion retentisse ;
» Ma main va se saisir de l'ardente justice,
» Et mon glaive terrible aiguisé de mes mains
» Déjà plane au-dessus des pavillons romains.

> (Au moment où s'ouvrent les portes, Simon
> se tourne vers les troupes) :

SIMON.

> (Leur montrant les tours mobiles des
> assiégeants.)

Frères, ne craignez point ces puissantes machines ;
Elles étaleront aujourd'hui leurs ruines,
Si vous le voulez bien, si le salut commun
De tous ces cœurs ardents à ma voix ne fait qu'un.
Ecoutez, le Seigneur vous parle par ma bouche :

« Ma droite s'étendra sur ce vainqueur farouche,
» Et dans Jérusalem, Jacob indépendant
» Verra couler la paix comme un fleuve abondant.
» De ce peuple hautain, la gloire n'est qu'un songe,
» Et, cadavre honteux, déjà le ver le ronge.
» Il disait dans son cœur : J'escalade les cieux (1),
» Et de leur Jéhova, rival audacieux,

---

(1) Isaïe, chap. xiv, v. 13, 14, 15, 19.

3

» Tandis que sous mes pieds la nue étend ses voiles,
» Je m'assieds triomphant sur le front des étoiles.
» Et voilà que tu gis dans le gouffre béant,
» Ravageur des cités, roi du monde, géant !
» Tu roules dans le lac comme une masse vile,
» Comme un corps empesté, comme un tronc inutile !
» Ainsi, je châtirai les superbes. Mais toi,
» O ma Jérusalem, tourne les yeux vers moi,
» Relève maintenant ta tête humiliée.
» Tu te crois, n'est-ce pas, oubliée? Oubliée! (1)
» Ces machines d'airain qui te heurtent du front,
» Catapultes, béliers, devant moi tomberont.
» Je t'enverrai des blocs, des bois, des mains actives,
» Pour rendre à tes palais leurs splendeurs primitives.
» Oui, oui, tu renaîtras, et dans ces nouveaux jours,
» Après avoir accru le nombre de tes tours,
» Te voyant trop étroite : — O mère, ô ville sainte,
» Te diront tes enfants, dilate cette enceinte ;
» Ton immense famille étouffe dans ces lieux. —
» Toi, mère triomphante, avec des pleurs aux yeux,
» Et de tant de bonheur l'âme tout étonnée,
» Tu t'écriras : — Comment ! stérile, abandonnée,
» Malgré ce corps malade et ces membres flétris,
» Je serais mère encore ? Et qui vous a nourris ?
» Mais où donc étiez-vous? Mais quoi! sous mes murailles,
» Ne vous ai-je pas vus tomber dans les batailles ? —

---

(1) Isaïe, chap. xlix, v. 15, 16, 17, 18, 19, 20 et 21.

» Et tu tressailleras de joie, et désormais
» Jérusalem sera plus forte que jamais. »

Voilà ce que vous dit le Seigneur par ma bouche ;
Et vous, si cet espoir, si sa bonté vous touche,
Si vous voulez sauver nos murs et notre foi,
Pour attaquer leur camp, mes frères, suivez-moi.

(On s'élance contre les Romains.)

CHOEUR DES ISRAÉLITES.

Descendons vers le camp ; des échelles sans nombre
    Vont se dresser contre le mur,
Et l'ennemi revient comme un orage sombre,
    Le cœur plus fort, le bras plus sûr :

Refoulons ce torrent vers sa source lointaine ;
    Ou montant, grossissant toujours,
Nous verrons aujourd'hui ses flots, marée hautaine,
    Déborder enfin sur nos tours.

Il faut que nous puisions des forces inconnues
    Dans notre désespoir sans fond,
Et qu'au dernier degré nos fureurs parvenues
    Fassent des prodiges sans nom ;

Il faut tomber sur eux du poids d'une montagne
    Qui s'affaisse pendant la nuit,
Couvrant au loin de sang et de morts la campagne
    Où hurle le peuple qui fuit ;

Tomber plus imprévus et plus prompts que la foudre,
　　Que les vents dont les tourbillons
Emportent la colline et la sèment en poudre
　　Dans les forêts, dans les vallons;

Ne point nous arrêter avant que dans les sables,
　　Au pied de ces sacrés remparts,
Nos mains n'aient enfoui, restes méconnaissables,
　　Hommes, chevaux, tentes et chars,

Et que, loin de nos monts, Rome, pâle de rage,
　　S'enfuyant par tous les chemins,
N'ait vu, n'ait entendu, debout sur son passage,
　　Les nations battre des mains.

CHŒUR DES ROMAINS.

— Mais d'où viennent ces flots de circoncis livides
　　Que la guerre aurait dû tarir?
— Avec ces corps osseux, avec ces mains arides,
　　Ils ne viennent que pour mourir.

— Erreur! ils lutteront encor dans les batailles;
　　Nous les calomnions : voyez
Ces poitrines, ces reins, et ces énormes tailles
　　Que le malheur n'a point ployés.

— Ils sont minés, vous dis-je. Un chêne de la vie
　　A l'apparence bien souvent;
Mais rongé par un ver secret, le rameau crie,
　　Tombe sonore au moindre vent.

— N'importe, ayons recours à tout l'art de la guerre,
    Formons l'inébranlable coin,
Car plus d'un parmi nous pourra mordre la terre,
    Frappé de près, frappé de loin;

Ensemble affermissons nos pieds comme les arbres
    Qui s'entrelacent dans les bois;
Epaississons nos rangs plus massifs que des marbres,
    Et se soutenant par leur poids,

Aux efforts impuissans d'une rage inutile
    Nos cohortes résisteront,
Et contre le rempart d'une armée immobile
    Les assiégés se briseront.

                              (On en vient aux mains).

II.

LE POÈTE.

Pour retracer la guerre et ses nobles travaux,
Qui pourra me donner de ces couleurs puissantes
Que trouvaient autrefois des maîtres sans rivaux,
Quand leurs mains déroulaient des toiles menaçantes?

C'est Rome d'un côté, le peuple conquérant;
Partout où de ses pas le bruit fatal résonne,
Passe comme une faux son désir dévorant,
Et la terre pour lui n'est qu'un champ qu'il moissonne;

                                                    3*

De l'autre c'est Jacob, père des nations,
Le premier né de Dieu, fier de ses tours antiques,
Eternellement sourd aux lamentations
Que redisent encor les échos prophétiques.

Là, le lion romain, dans ses élancemens,
Sur le sommet des forts cloue un ongle terrible,
Et, secouant les monts par ses rugissemens,
Entre les vieux créneaux montre sa tête horrible;

Là grondent pleins d'écume et le sang dans les yeux,
Les jarrets en avant et les têtes pressées,
Les taureaux d'Israël tournant comme des pieux
Contre l'affreux chasseur leurs cornes abaissées.

Jérusalem franchit ses murs impénitens,
Brave pour la défense et pour l'attaque brave,
Et sur les casques d'or dans la plaine flottants
Tombe de ses hauteurs comme un torrent de lave.

Quels combats! ce n'est plus de l'une et l'autre part
De froides légions pesamment ébranlées,
De loin lançant la pierre ou la flèche au hasard,
C'est l'ardente fureur des plus noires mêlées;

Le Romain veut la gloire, il veut continuer
Cette chaîne sans fin de conquêtes fécondes,
Et Jacob délirant sent en lui remuer
L'honneur, le désespoir et les haines profondes.

Ne cherchons pas une âme accessible à la peur ;
On se frappe avec rage et sans pitié ni trèves ;
La sueur et le sang forment une vapeur
Où flottent les drapeaux, les casques et les glaives :

Dans le sol qui rougit, tous ces hommes vaillans
Semblent s'enraciner comme des blocs de marbres ;
A peine si parfois sur les fronts vacillans
Passe ce vent léger qui fait frémir les arbres ;

Et corps à corps, ainsi que des gladiateurs,
Cherchant de l'œil la place aux profondes blessures,
On s'attaque, on s'étreint, et cent mille lutteurs
Portent des coups plus forts avec des mains plus sûres.

Quand, perfide et muet, rampe l'épuisement,
Dans les rangs enlacés pour dompter le courage
Ennemi du repos, le sombre acharnement
Vient presser d'aiguillons et raviver la rage.

⚜

Cependant le désordre, ainsi qu'un ouragan,
Vient s'abattre à grand bruit sur ces vagues de têtes ;
La masse se divise, et l'un et l'autre camp,
Comme deux grandes mers, au vent de leurs tempêtes,

Refoulés, ramenés avec d'horribles bonds,
S'allongeant, se creusant, se heurtant avec rage,
Là découvrant l'arène, ici dressant des monts,
Se détachent par blocs ruisselant de carnage,

Casques, boucliers, arcs, glaives, javelots, pieux,
Ne forment qu'un chaos de toutes les phalanges ;
De formidables cris s'élèvent vers les cieux ;
La scène laisse voir mille faces étranges.

L'heure dévore l'heure en ces nobles travaux
Et le combat bouillonne encor comme un cratère,
Roulant en tourbillons les hommes, les chevaux,
Et les chars dont le bruit secoue au loin la terre.

❦◊❦

Un souffle irrésistible a soudain emporté
Les lambeaux des deux camps par les monts et les plaines;
L'arène se dégage et l'œil épouvanté
Contemple les effets des passions humaines :

Rangs entiers disparus, croulés comme des tours,
Cavaliers sans chevaux, légions affaissées,
Se mouvant avec peine ainsi que des vautours
Qui, sanglans, battent l'air de leurs ailes cassées ;

Débris affreux cloués à des tronçons de fer,
Casques vides roulant loin des têtes sans forme,
Coursiers mourant épars, qui, le flanc entr'ouvert,
Béans et convulsifs, roulent un œil énorme;

Char tombé sur le flanc que traverse un épieu,
Et dressant vers le ciel les rayons d'une roue,
Tandis que par en bas il plonge son essieu
Dans la mare que forme une sanglante boue;

Hache au double tranchant, qui, partageant un front,
A fait jaillir au loin la cervelle épandue
Et gît près du cadavre, ainsi qu'un bûcheron,
Qui s'endort à côté de l'yeuse étendue;

Javelots entr'ouvrant les cuirasses d'airain,
Et cœurs chauds palpitant sous leurs vives morsures,
Dards fichés dans le sol, égarés par la main,
Qui s'essayait sans doute aux premières blessures;

Fer de lance qui siffle, et clouant dans son vol,
Au bord d'un bouclier, une main frémissante,
Et dont le bois trop lourd et traînant sur le sol
Retarde du blessé la fuite gémissante;

A demi hors du char et couché sur ses reins,
Cadavre qui s'enfuit à travers la mêlée :
Pâles, crispés, les doigts tiennent encor les freins,
Et le sol fait bondir la tête échevelée;

Vieux braves, épis mûrs par la guerre fauchés,
Tordant sur le gazon leurs mains interrompues;
Tous frappés par devant et noblement couchés,
Au plus fort du péril, sur leurs lances rompues.

Jeunes gens, tendres lis dans toute leur fraîcheur,
Dans toute leur beauté tombés sur la poussière,
Et de corps pleins de vie étalant la blancheur,
Qu'a déjà fait pâlir la pique meurtrière, —

Héros prématurés, envoyés aux combats,
Chargés d'un fer pesant parmi les fortes âmes,
Tout étonnés encore et ne connaissant pas
L'ivresse des plaisirs, le sourire des femmes. —

(Les deux armées se séparent sans avantages
marqués de part et d'autre).

TROISIÈME PARTIE.

—

Le Tentateur.

Sa bouche est un sépulcre ouvert; sa langue est l'instrument de ses perfidies.
(*Psaume* v, v. 11.)

SOMMAIRE. — Deux factions divisent Jérusalem. Jean de Giscala, chef de l'une de ces factions, a envoyé un sicaire, Sadoc, contre Simon, son rival, avec ordre de le poignarder.
A la vue de Sara, femme de Simon, Sadoc, homme difforme
et de petite taille, mais dont l'esprit est plein de ressources,
a éprouvé un sentiment qu'il n'avait pas connu encore; et,
au lieu de tuer Simon, il s'attache à lui comme à un nouveau
maître. De son côté, le mari de Sara est follement épris de
Rachel, et veut faire de Sadoc l'instrument d'une passion
que celui-ci a d'excellentes raisons de flatter. Sadoc promet
de lui livrer Rachel.

(Tour d'Hippicos, une des trois principales de
Jérusalem, occupée par Simon. La scène se
passe dans un des appartemens de cette
tour.)

SIMON.

(Avec un sourire d'admiration et comme
charmé.)

Sa bouche a l'incarnat de la pomme punique;
Ses yeux sont deux saphirs, et sa bouche pudique

Est un ruban de pourpre (1). Au milieu de ses sœurs
Rachel est comme un lis parmi les autres fleurs.

(Faisant un retour sur lui-même.)

Ainsi, j'éteins en moi la flamme conjugale !
Je n'aime plus Sara, qui cependant l'égale
En jeunesse, en beauté ; mon cœur a, dans un jour,
Abîme trop profond, dévoré cet amour !

(Il reste plongé dans cette pensée, et n'en-
tend point les pas de Sadoc qui entre.)

SADOC.

(A part.)

Je disais autrefois : J'entasserai des sommes,
Et la fortune un jour me vengera des hommes.
Je n'aimais pas encore : aujourd'hui, vanité !
La richesse n'est rien, tout est dans la beauté.

(Montrant Simon.)

On me payait sa mort, et j'acceptai l'office ;
Mais voilà que l'amour a tué l'avarice ;
Et lorsque je ne viens que pour le poignarder,
Je ne reste, ô Sara, que pour te regarder,
M'enivrer de ta voix, pouvoir d'un œil oblique
Dévorer en passant les plis de ta tunique.
J'aime et je hais. Laissons ma haine sommeiller,
Et les événemens pourront me conseiller.

---

(1) Tes lèvres ressemblent à des bandelettes de pourpre.
(*Cantique des cantiques,* ch. iv, v. 3.)

SIMON.

(Sortant de sa rêverie et l'apercevant.)

C'est toi? — Je n'eus jamais serviteur plus fidèle ;
Tu me sers depuis peu pourtant.

SADOC.

(A part.)

A cause d'elle.

SIMON.

C'est plus qu'un serviteur, c'est un ami qu'en toi
J'ai rencontré.

SADOC.

(A part.)

J'ai fait si bien, que tu le croi.

SIMON.

Je l'avoûrai, mon cœur près de toi se dilate.

SADOC.

(A part.)

Quand je voudrais le mordre, il faut que je le flatte.

SIMON.

Parlerai-je?

4

SADOC.

(Haut.)

Un secret !

SIMON.

(Mystérieusement.)

Sadoc, écoute bien.

SADOC.

(A part.)

Il ne se doute pas qu'un tigre est sous le chien.

SIMON.

L'intérêt général tout entier me réclame,
Et j'ai d'autres soucis pourtant. J'aime une femme.

SADOC.

(A part.)   (Haut.)

Je ne le sais que trop. Dans votre souvenir,
(A part.)
Certes, digne de vivre. Où veut-il en venir ?

SIMON.

Tu ne me comprends point, c'est une autre que j'aime.

SADOC.

(Étonné. — A part.)

Une autre ! Qu'est cela ? Que dit-il ? à moi-même
(Haut.)
Il ose l'avouer ! — Blasé déjà ! Comment !
Si belle ! Pardonnez à mon étonnement.

SIMON.

Une femme, vois-tu, m'a révélé la femme.
Une épouse d'abord peut au fond de votre âme
Endormir, quand elle a tant d'amour et d'appas,
Les désirs assoupis qu'on n'y soupçonnait pas ;
Mais leur foule, plus tard, s'éveille dans cette ombre,
En nous assourdissant de leurs clameurs sans nombre :
Les miens sont réveillés.

SADOC.

(A part.)

Le rayon de l'espoir
Pénètre dans mon cœur, et je puis entrevoir...

SIMON.

Je me trouve insensé, je l'avoue à ma honte ;
Je voudrais me dompter, c'est le mal qui me dompte ;
Mon esprit et mon cœur sont en division.
Ecoute-moi, Sadoc, combats ma passion

Ou sers-la. Si tu vois en pitié ma folie,
Parle, fais-moi rougir ; fais si bien que j'oublie.
Parle, lutte, foudroie, il faut me renverser
Sous le poids des raisons que tu peux amasser.
Frappe de toute part, j'aspire à la défaite ;
Ou je veux pleinement mon âme satisfaite,
Et voir cette Rachel, chef-d'œuvre de beauté,
Palpitante d'amour, sourire à mon côté.

SADOC.

Non, votre passion c'est le cancer avide
Qui creuse trop avant dans une chair livide ;
On ne l'extirpe plus, il y fallait songer ;
Désormais on lui donne une proie à ronger.

SIMON.

Je ne saurais lutter, cette femme est trop belle.

SADOC.

(Ironiquement.)

Non, luttez, croyez-moi ; soyez cette nacelle
Qui, prise sur la mer par deux vents opposés,
Consume les efforts des rameurs épuisés ;
Veuillez, ne veuillez pas ; sous l'impuissante rame
Laissez du bien au mal ainsi flotter votre âme,
Et...

SIMON.

(Avec explosion.)

Loin de moi l'amour ! du fer, du feu , du sang.

SADOC.

(Froidement.)

On apaise l'idée en la satisfaisant ;
L'idée est souveraine et veut être servie.

SIMON.

(Découragé.)

Oui , cette passion tient mon âme asservie ; ·
Je ne pourrai jamais la vaincre , je le sens.

SADOC.

Donc , pleine liberté , n'écoutez que vos sens ;
(Avec mystère.)
J'aplanirai la route à votre amour.
(Simon tressaille.)
La ville
Se repose en Simon ; mais vous voilà débile ,
Inerte, sans vertu. Je veux vous faire heureux ,
Je veux rendre à Juda son lion généreux.

SIMON.

(Avec feu.)

Tu me promets Rachel ?

4*

SADOC.

Quelle Rachel?

SIMON.

La femme
De Jéhu.

SADOC.

Par le ciel! nous avons une trame
Difficile à nouer.

SIMON.

Sers-moi, Sadoc, sers-moi,
Et je te fais puissant. Tous mes biens sont à toi.

SADOC.
(Froidement.)
Mais du mari, d'abord, il faudra se défaire.

SADOC.
(Avec répulsion.)
Un meurtre!

SIMON.

Que David autrefois osa faire.

SIMON.

Dont il fit pénitence et dont il pleura bien.

SADOC.

Il faudra commencer pourtant par ce moyen.

SIMON.

Ne pourrais-tu donc pas, sans frapper?...

SADOC.

Du scrupule!

L'ai-je bien entendu? Quoi! votre esprit recule,
Hardi dans les projets, timide en actions!
Mais on étouffe alors le cri des passions,
On reste vertueux; c'est sûr, mais moins facile,
Et de plus, c'est niais.

SIMON.

(Vaincu.)

Tu me tiens, et docile

Je marche à ta parole.

SADOC.

A qui ressemblez-vous?

Les petits et les grands ont-ils les mêmes goûts?
Vous, comme les petits! tomber dans leur poussière!
Et du reste, sans ombre, il n'est point de lumière.

SIMON.

Que feras-tu?

SADOC.

D'abord , il faut une raison ,
— Cherchant, je trouverai, — de le mettre en prison ;
Aux caveaux d'Hippicos vous le ferez descendre ;
Puis, quand le cerf est pris, la biche se fait prendre.

SIMON.

Si jamais à moi seul je gouverne Sion ,
Je te fais partager ma domination.

SADOC.

Laissez—moi réfléchir. Dans peu , vous verrez celle
Qui fait votre tourment : fiez—vous à mon zèle.

QUATRIÈME PARTIE.

—

Lia et Zéba.

Plus rapides que les aigles, plus prompts que les lions, ils étaient beaux, ils étaient aimables, et la mort elle-même ne les a point séparés.

(*Juges*, livre II, v. 23.)

Sommaire. — Episode de Lia et Zéba. Nouvelle action au pied des murailles que heurtent les béliers ; incendie d'une tour mobile ennemie. Courage et mort de Lia et de Zéba. Rencontre de Simon et de Tite dans la bataille. Sadoc, sans être vu, blesse Jéhu de son javelot, et le transporte, à l'aide de quelques hommes, dans la tour d'Hippicos. Les Israélites, repoussés, rentrent dans la ville.

I.

(La scène est en dedans des murailles.)

LIA.

Quoi ! le combat t'appelle et tu fuis ? Je t'abhorre ;
Remporte ton amour ; l'amour nous déshonore
S'il nous ôte le cœur.

ZÉBA.

Ta haine me le rend :
Adieu donc; pour mourir, je vole au premier rang.
(Il veut s'éloigner ; Lia le rappelle.)

LIA.

Te haïr ! le crois-tu ? L'ai-je dit ? Va , je t'aime ;
Seulement je pensais qu'à cette heure suprême
Nous ne 'devions songer qu'à sauver la cité, .
Pour nous aimer plus tard en toute liberté.

ZÉBA.

Tu dis vrai ; cependant, pardonne à ma faiblesse ,
Qui vient de la folie et non de la mollesse :
J'étais fou. Ton amour, longtemps silencieux ,
Vient, contre tout espoir, d'éclater à mes yeux ;
Et de toi , de toi seule ayant l'âme remplie ,
J'oubliais la cité. Pardonne à ma folie.

LIA.

Tais-toi , je sentirais le plaisir d'écouter :
Je m'éloigne; mais toi, cours, va me mériter.

ZÉBA.

Te perdre. Sous ces murs je vais tomber sans doute.

LIA.

Tombons ensemble alors. Je vais t'ouvrir la route
Qui conduit à la gloire.

ZÉBA.

(Transporté.)

Oh ! qu'as-tu dit ?

(La trompette sonne.)

LIA.

Courons,

Car je me sens frémir à ce bruit des clairons.

ZÉBA.

Femme, je t'aime donc mille fois davantage :
Cet élan de vertu fait rougir mon courage ;
Mais il faudrait du fer, et tes mains n'en ont pas,
Un casque, un bouclier.

LIA.

J'en trouverai là-bas.

(Ils sortent de la ville et se mêlent aux troupes israélites.)

II.

(La scène est partout en dehors des murailles.)

LES ASSIÉGEANTS.

(Sur un point d'attaque.)

Ce sont de vrais lions. — Ce n'est qu'un bruit d'orage ;
Cette fougue imprudente épuise leur courage ;

Ils vont bientôt faiblir : serrons nos boucliers.
— Ce mur va tomber. — Bah ! — Sous le front des béliers
Depuis deux jours il tremble, et sa chute est certaine.
— La chute de Jacob n'en est pas plus prochaine.

(Une grande partie du mur s'abat tout-à-coup.)

— Ah ! ah ! qu'avais-je dit ?

(Le mur écroulé en laisse paraître un autre qu'on vient de
bâtir. — Stupéfaction générale.)

Comment ! un second mur !
— Encore plus épais. — Ce siége-là, c'est sûr,
Durera plus longtemps que le siége de Troie.
— De revoir nos foyers nous n'aurons point la joie
Avant quinze ans peut-être. — On suspend le combat !

(Avec découragement.)

— Après ces vains travaux le courage s'abat.

UN CENTURION.

Vous pliez ! en avant ! Ce n'est là, par Hercule,
Qu'un fantôme de mur, ouvrage ridicule,
Fraîchement élevé, croyez-moi, par la peur ;
Il va s'évanouir ainsi qu'une vapeur.
En avant.

(Le bélier poursuit son œuvre de destruction.)

UN CHEF DES ASSIÉGEANTS.

(Sur un autre point d'attaque où le feu éclate.)

Compagnons, défendez les machines.

LES ISRAÉLITES.

Il faut que dans leur camp nous semions les ruines.

LES ASSIÉGEANTS.

Le feu prend à nos tours.

LE CENTURION.

Mais courez, courez donc ;
Pouvez-vous, sans frémir, voir voler le brandon ?

LES ISRAÉLITES.

Apportez-nous la poix, portez, portez encore.
— Le feu monte : c'est bien.

LES ASSIÉGEANTS.

Mais ce feu nous dévore,
Et la tour est perdue ; il nous faut reculer.
— Eh quoi ! ces circoncis pourront nous voir trembler !
          (Aux Israélites.)
Fuyez, souvenez-vous de notre amphithéâtre :
Contre des animaux nous vous ferons combattre ;
La dent des léopards déchirera vos chairs.

LES ISRAÉLITES.

Vous, l'aigle emportera vos lambeaux dans les airs.

LES ASSIÉGEANTS.

Esclaves, cédez-nous cette terre féconde.

LES ISRAÉLITES.

Nous ne cèderons rien aux despotes du monde.
          (Lia et Zéba se montrent de ce côté.)

5

LES ASSIÉGEANTS.

Voyez-vous cette femme ? Elle a plus d'une fois
Parmi les travailleurs jeté l'huile et la poix ;
C'est une jeune enfant ; son ardeur est trop prompte :
Elle va succomber. — Oui, mais à notre honte,
Au plus fort du péril elle porte son bras.
C'est qu'elle est vraiment belle. — Oh ! ne la tuez pas.
— Non, mais je vais tenter de saisir cette proie ;
Au retour de la guerre elle fera ma joie.
— Jusqu'à cette beauté se frayer un chemin
Est assez difficile. Et voyez : sous sa main
Deux braves sont tombés ! Diane chasseresse
N'a pas de coups plus forts, quand, légère, elle presse
La biche dans les bois.

ZÉBA.

(A Lia.)

Non, Lia, reste ici ;
Ils sont contre toi vingt.

LES ASSIÉGEANTS.

Qui la défend ainsi
Avec tant de chaleur ? Quelqu'amoureux, sans doute.
Bon, je lui prouverai que l'amour n'y voit goutte,
Et je vais de ma main....

ZÉBA.

Non, l'aveugle c'est toi ;

(A Lia.)

Viens la prendre. Lia, serre-toi contre moi ;
Ou mieux, retirons-nous.

LIA.

Fuir !

ZÉBA.

S'ils te font captive !

Là tendent leurs efforts.

LIA.

Ils ne m'auront pas vive.

LES ASSIÉGEANTS.

Blessons-la seulement.

(Un d'eux la frappe.)

ZÉBA.

O Lia, tu pâlis !

Comment la soutenir ? car mes bras affaiblis...

LES ASSIÉGEANTS.

Maintenant prenez-la. — Ce n'est pas si facile :
Ce tigre la défend.

ZÉBA.

(D'une voix terrible.)

Mais quand vous seriez mille,

Deux mille, entendez-vous, vous ne l'auriez pas, non.

LES ASSIÉGEANTS.

Comment, sans la frapper, renverser l'autre ?
(Zéba est mortellement blessé.)

ZÉBA.

Ah !

LES ASSIÉGEANTS.

Bon !

ZÉBA.
(D'une voix affaiblie.)
O ma Lia ! ma main ne peut plus te défendre :
Ce coup est trop profond ; fuis, car ils vont te prendre.
(Lia combat avec fureur.)

LES ASSIÉGEANTS.

O Dieu ! quelle amazone !

ZÉBA.
(Faisant un suprême effort.)
Oh ! n'approche point, toi ;
Reçois mon dernier coup.
(Il tue l'assiégeant.)

L'ASSIÉGEANT.

Démon ! .

ZÉBA.

Lia, crois-moi,

Fuis.

LIA.

Moi, te quitter! Non, sur la sanglante couche
Je veux mêler mon souffle au tien, et sur ta bouche
L'exhaler, ô Zéba!

(Elle reçoit à son tour un coup mortel.)

ZÉBA.

Lia!

LIA.

Zéba!

(Ils tombent morts.)

LES ASSIÉGEANTS.

Vraiment,
Je ne m'attendais pas à si beau dévoûment :
Morte!—Morte!—Écoutez : quel est ce bruit étrange?

(A quelque distance de là, la machine des assiégeants, déjà
depuis longtemps attaquée, et sur laquelle Lia et Zéba
avaient jeté des torches, prêt de s'écrouler, fait entendre
un grand bruit.)

LES ISRAÉLITES.

Vous avez allumé la tour; elle vous venge,
O couple généreux.

5*

LES ASSIÉGEANTS.

(Sous la tour, épouvantés.)

La tour penche, voyez :

Fuyons, fuyons.

LES ISRAÉLITES.

Trop tard.

(La machine tombe.)

Elle les a broyés.

(Au bruit de cette chute accourt Simon à cheval.)

SIMON.

Ah ! je vois de beaux faits écrits sur la poussière :
Des prodiges, amis, c'est bien ; déroute entière.
Je n'ai pas tout l'honneur. Profitons du succès :
La terreur, de leur camp nous doit ouvrir l'accès ;
Courons.

(Il s'élance contre ceux des assiégeants qui plient.)

LES ISRAÉLITES.

(Voyant accourir des troupes fraîches.)

Mais l'ennemi revient plus fort en nombre ;
Il va tomber sur nous comme un nuage sombre.
— Honteux de leur défaite, ils veulent la venger ;
Gardons bien que le sort ne vienne tout changer :
Serrons-nous. — Tenez ferme.

(Simon aperçoit le général ennemi.)

SIMON.

Ah! c'est Tite en personne :
Que le ciel soit béni du bonheur qu'il me donne.

(Au général, de loin.)

Jusqu'ici vainement mon bras cherchait le tien ;
Je te trouve à la fin, César futur! Eh bien!
Tombe sous mon épée, et, relevant la tête,
Sion reparaîtra dans sa robe de fête.

TITE.

(A ses troupes.)

Soldats, en vérité,
Vous m'avez fait rougir de votre lâcheté :
J'ai vu fuir des Romains! Et que dira mon père,
Si vous lui revenez vaincus de cette guerre?
Moi, voir mes légions oublier leur serment,
Et la honte jaillir sur mon commandement!
Ah! plutôt sur mon front croule cette montagne,
Et j'aurai fait ici ma dernière campagne!

(Simon arrive près de Tite : leurs épées se rencontrent.)

LES ISRAÉLITES.

— Il s'attaque, c'est sûr, au fils de l'empereur.
— Parmi les légions il sème la terreur;
Je vois passer la mort dans l'éclair de son glaive.
— Sous ce bras foudroyant, pas un ne se relève.

— Les voyez-vous tous deux? — Que ce coup est adroit!
— Notre chef est trop vif; Tite a plus de sang-froid.
— Mais qu'il est beau, Simon, dans sa haute stature!
Tite n'est pas si grand.

(Il s'est fait un mouvement autour de Tite et de Simon.)

                — Serait-ce une blessure?
— Si Tite succombait, la guerre d'un seul coup
Serait finie.

(Nouveau mouvement.)

          — Eh bien! blessé? — Je ne sais où.
— C'est une égratignure. — O terreur! ils se jettent
L'un sur l'autre avec rage. — On voit mal. — Ils s'arrêtent.
— Ils reprennent. — Ce bruit?... — Une épée en éclats
Se brise. — Désarmé! qui? Simon? — Nos soldats
L'enveloppent. — Il veut revenir, on l'entraîne.
— Tout fuit, et maintenant la résistance est vaine.

(Les Israélites font leur retraite de ce côté.)

(Sadoc, depuis quelque temps, cherchait Jéhu dans la
    bataille : il l'aperçoit, et s'approche de lui par derrière.)

SADOC.

Le voilà! Je te trouve à la fin!

(Il le frappe de son javelot, mais avec tant d'adresse, que
    personne n'a pu le remarquer au milieu de la foule.
    Jéhu tombe.)

                 Coup heureux!
Laisseriez-vous, amis, ce guerrier généreux·

Couché sur la poussière? Aidez—moi, que j'emporte
Du milieu des dangers ce chef dont l'âme est forte.
Sa blessure est légère, il n'est qu'évanoui;
Laisserions-nous périr un brave comme lui?
Nous avons trop besoin de ce mâle courage;
Hâtez-vous, l'ennemi nous atteindrait; sa rage
Est montée à son comble; il roule à flots, et nous,
Voilà que nous fuyons. Hâtez-vous, hâtez-vous.

    (Sadoc et quelques Israélites emportent Jéhu dans la ville,
      et se dirigent vers la tour d'Hippicos.

CINQUIÈME PARTIE.

—

Rachel.

Qui trouvera une femme forte? Sa valeur est celle des choses qui nous arrivent des régions les plus lointaines.
Le cœur de son mari se confie en elle.

(*Proverbes*, ch. XXXI, v. 10 et 11.)

SOMMAIRE. — Rachel, à la faveur d'un déguisement, pénètre à prix d'or dans le cachot où l'on a plongé son mari. Jéhu, exténué par la fièvre et commençant à délirer, croit voir un fantôme. Il finit par la reconnaître ; et Rachel lime ses fers. Jéhu veut la suivre, mais ses forces l'abandonnent, car il n'a pas mangé depuis trois jours. Ce que l'amour inspire. Ils vont s'échapper, quand une porte s'ouvre : c'est Sara, femme de Simon, qui vient délivrer le prisonnier ; mais elle se voit prévenue. Poussé par le remords, Simon vient à son tour; mais Jéhu et Rachel sont partis.

(La scène est dans un cachot de la tour d'Hippicos.)

JÉHU.

(Il est seul.)

Depuis trois jours ainsi! trois siècles! mais pourquoi?
Mais que leur ai-je fait? que veulent-ils de moi?

Et que va devenir ma Rachel ? Elle souffre,
Et demande Jéhu. Me sait-elle en ce gouffre ?
Non, elle me croit mort. Seule avec mon enfant,
Contre l'esprit du mal, hélas ! qui la défend ?

(Ses idées se troublent.)

Que disais-je ? Voyons, je parlais de ma femme ;
J'ai le cerveau rongé par des serpents de flamme.
Je vais devenir fou. Je disais donc.... Non pas,
Je dois être pour eux bien tranquille.

(Il entend marcher.)

Des pas !

J'entends des pas.

(Une porte s'entr'ouvre. Jéhu croit voir Sadoc.)

Va-t'en. C'est mon affreux génie.
Muet, il vient compter mes heures d'agonie,
Interroger mon souffle et voir...

(On s'avance, on appelle.)

LA VOIX.

Jéhu !

JÉHU.

Mon nom !

Le muet a parlé.

LA VOIX.

Jéhu !

JÉHU.

Cette voix... Non,
Je me trompe, un démon n'a pas cette voix tendre ;
J'ai des bruits dans la tête et m'imagine entendre.

(Rachel, car c'est elle, déguisée en soldat, s'approche et se penche sur lui.)

RACHEL.

(Elle met la main sur son cœur.)

Mon Jéhu ! c'est bien lui ; voyons si son cœur bat :
Il bat !

JÉHU.

Que me veux-tu, fantôme ? Est-ce au combat
Que tu veux m'entraîner ? Oh ! merci, romps ma chaîne ;
Ouvre-moi ces cachots et fais-moi voir la plaine ;
Que j'y puisse mourir, en brave, sous les cieux.

RACHEL.

Je suis Rachel, ami ; vers moi lève les yeux.

JÉHU.

Quoi ! Rachel à présent ! vais-je faire ce rêve ?
La croire à mes côtés ? Où trouverai-je un glaive ?
Je souffre trop ainsi. Mon Dieu ! pitié de moi !
Fantôme trop aimé, Rachel, éloigne-toi,
Tes sanglots me tûraient.

(Rachel le presse dans ses bras.)

6

Voilà que mon visage
Est baigné de ses pleurs. J'anime son image,
Je lui donne des sens, et mon délire est tel,
Que je suis dans ses bras...

RACHEL.

Jéhu, c'est bien Rachel.
Je viens te délivrer.

JÉHU.

Ombre, tu me déchire.

RACHEL.

N'a-t-il donc plus sa tête, ô ciel! et que lui dire,
Hélas! pour qu'il comprenne et qu'il sente, à la fois,
Que ces mains sont mes mains, et cette voix ma voix?
Oui, sur Jéhu, c'est moi, c'est Rachel qui s'incline;
Ecoute donc mon cœur battre sur ta poitrine.

JÉHU.

C'est donc vrai? Ce n'est pas un simulacre vain?
Un cœur bat sur mon cœur! ma main presse une main!
Rachel! ce serait toi?

RACHEL.

Faites comme une flamme
Descendre mon baiser jusqu'au fond de son âme,

Pour qu'il me reconnaisse et qu'il veuille, ô mon Dieu !
S'éloigner avec moi de cet horrible lieu.

JÉHU.

Oui, c'est Rachel.

RACHEL.

Enfin, il va me reconnaître.

JÉHU.

Ma tête se dégage et je me sens renaître ;
C'est Rachel. Mais comment se trouve-t-elle ici ?
Dans ces cachots fermés, pour s'introduire ainsi,
Qu'a-t-elle fait ?

RACHEL.

L'amour sait trouver une route ;
Il n'est pas pour l'amour de si profonde voûte,
Qu'il n'y puisse descendre, et de gardien si sûr
Qui, par l'or amolli, n'entr'ouvre dans le mur
Une porte secrète.

JÉHU.

O femme ! comment dire
Ce qu'après ces trois jours d'incroyable martyre
J'éprouve de bonheur, ici, dans ce moment
Où mon âme tressaille à ce beau dévouement !

Et c'est vrai ! c'est possible ! une femme timide !
Elle a donc pu venir, pendant la nuit, sans guide,
Sous un casque trop lourd cachant ses cheveux d'or,
Trompant l'esprit du mal qui veille quand tout dort,
Elle a pu dans ce gouffre... ô femme !

RACHEL.

Notre joie
Pourrait être troublée et d'une double proie
Le tigre s'emparer : Jéhu, sortons d'ici.

JÉHU.

(Montrant ses chaînes.)

Oui, mais ces nœuds...

RACHEL.

(Tenant une scie.)

Je vais les rompre avec ceci.

(Elle coupe les chaînes.)

C'est fait ; soulève-toi.

JÉHU.

(Essayant de se lever.)

C'est impossible.

RACHEL.

Essaye !

JÉHU.

Impossible : je sens se rouvrir cette plaie.

RACHEL.

Blessé !

JÉHU.

Dans le combat.

RACHEL.

Comment ! blessé ! mon Dieu !

JÉHU.

Et sans cela, Rachel, serais-je dans ce lieu ?
Ils ont...

RACHEL.

Essaye encore, encore...

JÉHU.

O bien-aimée,
La fièvre, comme un feu, dans mon sang allumée,
Ajoute à ma faiblesse ; et puis, j'ai soif, j'ai faim :
Ici, le prisonnier n'a même pas de pain.

(Rachel, nourrice de son enfant, met à nu sa mamelle
et la tend à la bouche de Jéhu.)

RACHEL.

Ton amour l'a gonflé d'une source de vie ;
Ce n'est pas un larcin. Ton enfant te convie

6*

Lui-même par ma voix ; il te doit une part.
Bois.

(Jéhu boit.)

  J'ai pu jusqu'ici, mon Dieu, sous ton regard,
Moi, femme, pénétrer, moi faible et menacée ;
Permets-moi d'achever mon œuvre commencée ;
Que sa force revienne : arrache-nous d'ici.

(Jéhu cesse de boire. — A Jéhu.)

Encore.

JÉHU.

  C'est assez. Va, je renais, merci ;
Oui, je pourrai marcher.

(On entend une autre porte qui s'ouvre dans la prison.)

Malheur ! on vient nous prendre.

RACHEL.

Et moi qui le sauvais, je ne puis le défendre !
Alors, mourons tous deux.

(Entre Sara avec un flambeau.)

SARA.

Prévenue ! ah ! l'amour

Pouvait seul pénétrer au fond de cette tour.
C'est Rachel. Elle vient le sauver elle-même ;
C'est Rachel, j'en suis sûre. Ah ! c'est que Jéhu l'aime ;
Elle n'a point perdu son cœur. Heureux époux !
Je voulais délivrer le prisonnier, mais...

RACHEL.

(Étonnée.)

Vous !

SARA.

Je connais vos vertus et je pouvais vous plaindre.
Fuyez ; le crime dort : son réveil est à craindre.

JÉHU.

(A Sara.)

Femme, ton cœur est grand.

> (Sara les conduit à la petite porte par laquelle Rachel
> est entrée et protége leur fuite. Pendant ce temps-
> là arrive à la porte opposée Simon, fils de Gioras.)

SIMON.

(Derrière la porte.)

Ce que j'avais d'humain,
Ce Sadoc me l'arrache ; il me tient dans sa main.
Faut-il, aux yeux de tous, que je me déshonore ?
Délivrons Jéhu... Mais si j'attendais encore ;
Si demain cette femme, au prix de sa beauté...
Gardons Jéhu, le crime a sa sécurité ;
Avec ma passion point de paix. Assouvie,
Elle ramènera le calme dans ma vie...
Mais lui ! depuis trois jours, que n'a-t-il pas souffert ?
Peut-être, car Sadoc est une âme de fer,
Peut-être que mourant... Qu'il parte.

(Il aperçoit à travers la porte une lumière.)

Cette flamme !

La lampe d'un cachot est plus pâle.

(La porte s'ouvre : paraît Sara. Stupeur de Simon.)

Ma femme !

SARA.

Oui, c'est vrai, j'ai voulu délivrer le martyr ;
Mais Rachel a tout fait ; ils viennent de partir.
Comme l'intention rend seule condamnable,
Venge-toi. Je dois être à tes yeux bien coupable.

(Avec une tristesse profonde.)

Ami, ta passion me remplit de terreur.

SIMON.

(Après quelques moments de silence et la tête
perdue dans sa poitrine.)

Sara, je meurs de honte et je me fais horreur.

LIVRE DEUXIÈME.

SIXIÈME PARTIE.

—

Un Assaut.

Maître, regardez : les belles pierres ! la
belle architecture ! Jésus répondit : Il ne restera rien de tout cela.

(SAINT MARC, chap. XIII, v. 1.)

SOMMAIRE. — Description du temple. Les Romains donnent
un assaut aux murailles qui l'avoisinent. Les Israélites ras-
semblent en ce lieu toutes leurs forces : de part et d'autre,
l'acharnement est égal ; mais les Romains sont repoussés et
rentrent dans leur camp.

I.

LE POÈTE.

I.

Toi que je vois debout au milieu de ce drame,
Salut, temple sacré, merveille de l'art, âme

De la cité divine, œuvre de marbre et d'or,
Prodigieuse, immense, œuvre du peuple fort
Qui dressa pour Memphis ces blocs impérissables,
Que Memnon voit encore au milieu de ses sables (1),
Colosses dont le ciel nous cache les sommets,
Et que les flots du temps ne rongèrent jamais.

II.

Qu'on fouille dans la nuit des âges, nuit profonde,
Pour trouver son pareil; il n'en fut pas au monde;
Cherchez dans cette Egypte, où d'énormes granits
Exhaussaient des Babels aux contours infinis,
Arrondissaient les flancs des sphinx pleins de mystère,
De demi-dieux sculptés partout couvraient la terre,
Et de l'orgueil des rois signes audacieux,
Sous trois cent mille mains escaladaient les cieux;
Visitez cette Grèce, où Corinthe savante
Dans le bronze taillait des feuillages d'acanthe;
La ville de Pallas, fière du Parthénon;
Rome où l'on voit surgir le Capitole; — non,
Rien dans l'ordre thébain, rien dans l'ordre ionique,
Qui se puisse égaler à sa splendeur unique.
Laissez-moi donc le voir et verser quelques pleurs
Sur son antiquité, sa gloire et ses malheurs.

---

(1) On sait que les Egyptiens employèrent les Israélites à la
construction de leurs temples, de leurs palais et de leurs py-
ramides.

III.

, s'assied sur le mont qui commande Solyme,
D'où, regardant au loin, il rayonne sublime ;
Et dans le sol les pieds du divin monument,
Pour le faire éternel, entrent profondément.
Le Liban, pour fournir la pierre à ses murailles,
A de ses propres mains déchiré ses entrailles ;
Des rocs démesurés que l'artiste a polis,
Au sein du Moria plongent ensevelis,
Inébranlable base, entassements énormes (1) ;
D'autres, plus merveilleux par la beauté des formes,
Et fortement liés par des chaînes de fer,
S'élancent vers le ciel où leur sommet se perd.

IV.

. Qui nous racontera la blancheur de ces pierres
Dont l'éclat étonnant fait baisser les paupières,
. Ces piliers souverains, aussi gros que des tours,
Dont douze bras à peine enferment les contours,
Sur lesquels le géant, prodigieux d'audace,
Elève une seconde, une troisième masse,

---

(1) L'historien Josèphe nous parle de ces pierres énormes que
l'on travaillait et que l'on polissait, quoiqu'elles ne fussent
destinées qu'aux fondements, à la partie cachée de l'édifice.
(Voir Josèphe, *Guerre des Juifs contre les Romains*, liv. v,
chap. 15.)

Ossa sur Pélion, Pélion sur Ossa?
Babylone jamais comme lui n'entassa
Les marbres du désert, alors que dans les nues
Ses temples se frayaient des routes inconnues,
Où, revêtus de lin, ceints des bandeaux sacrés,
Les prêtres arrivaient par quatre cents degrés (1).

v.

Mais dans ces régions où gronde la tempête,
Pourquoi du temple saint hérissa-t-on le faîte
De javelots pareils aux dards du sanglier
Qu'un imprudent chasseur traque dans un hallier,
Faisceaux d'armes que l'or enrichit de ses lames,
Et rayonnant, pareils à des gerbes de flammes (2)?
Afin que l'hirondelle à ces marbres bénits
Et l'errant passereau n'attachent point leurs nids;
Pour que l'aigle venant du désert et qui passe,
De carnage souillé, ne laisse aucune trace
Du sang de la victime éventrée, — arrêtant
L'ongle qui fume encor sur le toit éclatant?
Et qui mesurera, monté sur le pinacle,

---

(1) Tout le monde connaît les terrasses, les jardins suspendus, la prodigieuse élévation des monuments d'Egypte : contraste frappant avec les temples souterrains de l'Inde, creusés dans les montagnes et voués aux dieux infernaux.

(2) Toute la toiture du temple était comme hérissée de pointes d'or pour empêcher les oiseaux de s'y abattre. (JOSÈPHE, *Id., id.*

Ta hauteur, ô maison du divin tabernacle ?
Qui pourra, sans mourir, plonger son œil au bas
Du gouffre où la montagne abaisse sous tes pas
L'orgueil humilié de sa tête cachée,
Et paraît au niveau de la plaine couchée ?
Ecoutez l'Évangile : Au sommet du saint lieu
Un jour le Tentateur porta le fils de Dieu,
Et voulant l'effrayer par l'aspect de l'abîme :
« Prophète, laisse-toi tomber de cette cime ;
» Que crains-tu de fâcheux ? n'est-il donc pas écrit :
» Il ne heurtera point au roc son pied meurtri,
» Car le Père enverra ses phalanges ailées
» Qui, pour le recevoir, tendront leurs mains zélées ? »
— « Tu ne tenteras point le Seigneur, est-il dit. »
C'est ainsi qu'au démon le Verbe répondit.

VI.

Dans l'enceinte divine en tremblant je pénètre :
Quels transports, tout-à-coup, en moi j'ai senti naître !
Les voilà, les voilà qui s'ouvrent devant moi,
Ces portes qu'on ne peut mesurer sans effroi,
Qui des nôtres riraient et les diraient pareilles
A ces enclos de chaume où grondent les abeilles !
Des torrents de lumière ont inondé mes yeux ;
Le foyer du soleil embrase moins les cieux :
C'est la flamme de l'or que mon regard contemple,
Comme un fleuve épanché, ruisselant dans ce temple.
Le cèdre, arbre royal, sur le Liban coupé ;

Que des radeaux poussaient jusqu'au poit de Joppé (1),
Partout s'épanouit en fleurs, fruits et feuillages.
On sait que sans vieillir il traverse les âges,
Ce cèdre, et qu'il se rit de la vrille du ver
Qui ne peut se glisser jusqu'à son cœur amer.
Aussi fort que le bronze, odorant, écarlate,
Dans la maison de Dieu partout ce bois éclate :
A Corinthe avec art le ciseleur taillait
L'informe chapiteau dans lequel il fouillait
Pour en faire sortir, frais, charnus et superbes,
Des fruits avec des fleurs qui jaillissaient en gerbes ;
Mais, malgré son talent, l'Hellène n'était rien,
Si vous lui comparez l'artiste syrien
Qui sculptait dans le cèdre, abondants, pleins de sève,
Les raisins de Noé mêlés aux pommes d'Eve :
Ces fruits se tourmentaient dans un large réseau, —
Qui, rempli jusqu'au bord, sous le savant ciseau
S'enflait et se rompait, — et déchirant les mailles,
En retombaient à flots, pendants sur les murailles.

VII.

Comment tout raconter ? Mon travail serait vain ;
J'épuiserais les mots du langage divin :
Comment dire l'autel où tant de sang ruisselle ?
Comment la table d'or où le pain s'amoncelle ;

---

(1) Petite ville maritime de la Palestine, à quelque distance
de Jérusalem, et où arrivaient les matériaux, pierres ou bois,
fournis aux Israélites par l'Assyrie.

Ces deux grands Chérubins à genoux devant Dieu ,
Dont les ailes s'ouvrant remplissent le saint–lieu ;
Comment le chandelier aux rameaux d'or, qui verse
Ses feux , comme un soleil , sur des tapis de Perse ;
Et cette mer en bronze ayant pour piédestal
Une colonne torse et de même métal (1) ,
Prodigieux bassin , taillé comme une coupe ;
Sous ce large calice élargissent leur croupe,
Affermissent leurs pieds , douze taureaux puissants
Dont pendent les fanons , allongés et luisants ;
Comment ces vases d'or, urnes au cou de cygne ,
Cratères aux contours incrustés d'une vigne ,
Encensoirs retenus par un triple chaînon ,
Que balance le prêtre invoquant le grand nom ;
Candélabres ouvrés , étincelants de cierges ,
Aiguières dont les flancs , comme celui des vierges ,
Se creusent avec grâce , et dont les bords polis
S'ouvrent, se repliant comme la fleur d'un lis ,
Innombrables trésors de l'opulente Asie
Qu'offrit à Jéhova sa nation choisie ?

VIII.

Temples cyclopéens de Memphis , courbez-vous ,
Cachez sous les gazons vos portiques jaloux ;
Pourtant vous étiez beaux avec vos galeries ,
Avec la pourpre et l'or de vos tapisseries ,

---

(1) Bassin immense où se lavaient les sacrificateurs après
les immolations.

Et vos bois précieux : l'étranger qui vous vit,
D'extase se pâmait et s'éloignait ravi,
Etonné toutefois de vos dieux, — un reptile
S'enroulant sur la pourpre auprès d'un crocodile.

II.

(La scène se passe sur le haut et au pied des
murailles, du côté du temple.)

CHŒUR DES ISRAÉLITES.

Plus sûrs que les aigles sanglants,
Quand ils tiennent cloués sous leurs prunelles noires
Les oiseaux tremblants ;
Plus prompts que les lions quand ils brisent les flancs
Des agneaux blancs
Près de la source claire où le troupeau va boire,
Par tes souffles heureux, foudroyante victoire,
Emportés à travers les vastes régions,
Les Romains ont conquis avec leurs légions
Tant de villes, tant d'or, de dépouilles, de gloire,
Que la postérité refusera d'y croire.
Tombés des Apennins, torrents dévastateurs
Dont l'écume s'élève à toutes les hauteurs,
République, tribu, horde, empire, royaume,
Ils ont tout entraîné dans leurs flots mugissants,
Et les peuples muets, fumée, ombre, fantôme,

Pleurent inconsolés sur les débris gisants.

Eh bien! l'aigle a cassé ses aîles

A l'angle de nos citadelles;

Le lion redoutable, en s'élançant d'un bond

Sur nos pieux et nos dards, s'est ouvert les entrailles;

Le torrent, arrêté par nos fortes murailles,

Ronge et blanchit en vain tes pieds, auguste mont.

CHOEUR DES ROMAINS.

Mais d'où leur viennent donc ces roches entassées,

Prodiges de grandeur,

Qui confond nos pensées?

Où les trouvèrent-ils? à quelles profondeurs?

Et quels bras de géants les ont ici placées?

O honte! nos béliers d'airain,

Qui, tous les jours, mettent le frein

Aux cités gémissantes,

Baissent leurs têtes impuissantes

Devant ce granit souverain!

CHOEUR DES ISRAÉLITES.

C'est la main du Seigneur lui-même

Qui dressa ce fier monument;

Sabaoth en posa pour le peuple qu'il aime

L'inébranlable fondement.

Et vous vous briserez, dans votre effort suprême,

Contre du diamant.

7*

CHOEUR DES ROMAINS.

A l'escalade ! à l'escalade !
Pourquoi heurter ces murs que les dieux ont assis ?
Pour vaincre des rochers par les siècles durcis ,
Il faudrait les bras d'Encelade.
Ne nous attaquons plus à l'immobilité ;
Montons jusqu'à ce peuple , et sa ténacité
Ne tiendra point devant notre témérité ;
A l'escalade ! à l'escalade !

(Ils montent à l'assaut.)

CHOEUR DES ISRAÉLITES.

Du soufre ! du plomb ! de la poix !
Sous les vases de fer amoncelez le bois ;
Que les flammes actives
Dans ces ventres épais hâtent les douleurs vives !
Les échelles partout ont plié sous leur poids :
N'entendez-vous donc point s'échapper des narines
Tout le souffle irrité qui gonfle les poitrines ?
Du soufre ! du plomb ! de la poix !

CHOEUR DES ROMAINS.

Pour parvenir au temple il n'est que cette route.
Levons les larges boucliers ,
Que la forte courroie aux bras forts a liés ,
Et que notre tortue affermisse sa voûte.

Courage, amis, nous atteignons,
Nous saisissons le faîte;
La victoire en robe de fête,
Planant sur la pâle défaite,
Chante l'hymne de feu. Courage, compagnons.

CHOEUR DES ISRAÉLITES.

Bien, bien, bien. L'on dirait un cratère qui fume.
Bien, bien, bien. Venez maintenant
Epancher sur les fronts des torrents de bitume,
De soufre, de plomb bouillonnant...
Ah! ah! c'est vainement que ta rage s'allume;
Tu fais d'inutiles efforts,
Soldat, pour ressaisir l'échelle que tu mords;
Comme un serpent blessé, ton corps,
Sous la douleur qui le consume,
Se tord!
Versez, versez, versez encor.

(Désordre parmi les assiégeants.)

CHOEUR DES ROMAINS.

— Pourquoi, comment, pour quelles causes,
Votre audace, soldats, s'arrête-t-elle ainsi?
Hardis loin du péril, trembleriez-vous ici?
— Nous ne reculons point, mais croyez-vous aussi
Que nous nous avancions sur des chemins de roses?
Et ne dirait-on pas que sur nous, tout entier,
Déborde le lac Asphaltite?

Plus d'un homme d'élite
Qu'Israël précipite,
Ne songeait pas si vite
A se donner un héritier (1).

CHOEUR DES ISRAÉLITES.

Impénétrable, elle est ouverte
La tortue, et, mieux que des coins,
La poix a séparé les boucliers conjoints
Dont leur troupe s'était couverte :
Tigrés, tachetés, mouchetés
Comme la peau de la panthère,
D'une descente involontaire
Ils arrivent à terre,
Plus vite qu'ils n'étaient montés.

(Le désordre est plus grand parmi les Romains. Viennent
de nouveaux assiégeants qui se troublent comme les
premiers.)

---

(1) Dans les expéditions, quand une affaire devait être chaude,
l'armée était pleine de gens qui faisaient leur testament. Je ci-
terai, à ce propos, un fait, raconté par Josèphe, et qui se passa
au siége de Jérusalem. Un nommé Artorius, prêt de périr
dans l'incendie du temple, promet à Lucius, un de ses compagnons, de le faire son *héritier,* s'il veut le recevoir dans
ses bras. Celui-ci accepte : Artorius se laisse tomber du haut
des portiques ; mais Lucius, accablé sous le poids de ce corps,
roule écrasé et meurt. Artorius sauve à la fois sa vie et son
patrimoine. (Voir JOSÈPHE, *Guerre contre les Romains,* liv. VI,
ch. 19.) — Tout ce passage est plein de l'ironie terrible dont
on voit tant d'exemples dans Homère.

CHOEUR DES ROMAINS.

—Vous mugissez plus fort qu'un taureau soûs la hâche;
Avancerez-vous, troupe lâche?
Vous arrivez à peine, et reculez comme eux?
— Eh! qui peut résister à cette poix ardente
Qui tombe ici plus abondante
Que la pluie, en hiver, du ciel bas et brumeux
De la Bretagne indépendante?

LES DEUX CHOEURS MÊLÉS.

— Refaites la tortue avec vos boucliers;
Raffermissez cette échelle
Qui chancelle,
Et redressez vos reins pliés.
— A nous! renversons l'échelle
Qui chancelle,
Précipitons ces hommes confondus,
Eperdus,
Et grossissons les flots du soufre qui ruisselle.

CHOEUR DES ROMAINS.

Quel vainqueur ira donc sur ce mur arrogant
Planter les aigles de Romule!
Opposez un orage à ce sombre ouragan,
Et contre Gérion faites rugir Hercule:
Relevez ces soldats effarés, convulsifs
Comme des mâts dans la tempête

Criant et se rompant aux pointes des rescifs ;
    Relevez la tête
De ces épis couchés par le vent des combats ;
Dans ce noble chemin qu'ils ouvrent à vos pas,
Ramenez au plus tôt, pour ressaisir le faîte
    Que déjà secouaient leurs mains,
Ramenez ces soldats honteux de leur faiblesse ;
Et que, rendus par vous à leur première ivresse,
Ils prouvent, en faisant des efforts surhumains,
    Qu'ils sont Romains.

CHŒUR DES ISRAÉLITES.

Il te faut donc ici, Jacob, d'autres batailles :
    Rome, comme un volcan
Qui, tonnant, se déchire et vomit ses entrailles,
    Lance contre nous tout son camp ;
Il te faut donc ici, Jacob, d'autres batailles ;
Il te faut donc trouver des cœurs, des bras plus forts
    Pour entasser les morts
    Au pied de tes murailles.
    Vous, femmes, sur les assaillants
Ne cessez d'épancher de ces ventres de cuivre
    Le soufre, le plomb ruisselants.
Vous, hommes, les plus forts comme les plus vaillants,
    Daignez nous suivre.

    (Se dirigeant vers les matériaux du temple.)

Ces puissants madriers, ces granits colossaux
Qu'a mordus le tranchant des hâches, des ciseaux,

Et consacrés aux saints travaux

D'un temple qui doit nous survivre,

Traînons-les jusqu'ici, car le ciel nous les livre,

Et nous dégoûterons pour toujours des assauts

Les auteurs de nos maux.

(Hésitation de quelques Israélites, qui craignent
d'employer les matériaux du temple à la défense de leurs murailles.)

N'en trouverons-nous point d'aussi grands, d'aussi beaux?

Le Liban a-t-il donc épuisé tous ses arbres

Et de ses flancs féconds arraché tous les marbres ?

Que cette hydre de Rome, écrasée, en lambeaux,

Ne puisse plus, gisant au fond de la vallée,

Se redresser encor, toujours renouvelée,

Pâture promise aux corbeaux.

LES DEUX CHŒURS MÊLÉS.

— Revenez, remontez, redressez les échelles ;

D'un pied hardi, prompt et sûr,

Enfants, gravissez le mur,

Et jetez l'ennemi dans des paniques telles,

Qu'irrésolu, tremblant, muet, pâle, insensé,

De ses propres mains renversé

Et percé,

Déjà par la lutte épuisé,

Il tombe sous vos coups, brisé.

— Ah ! faisons voir à leurs cohortes

Que nos âmes ne sont pas mortes :

Les voici, hâtons-nous, ils montent par milliers;

Bientôt débordera le flot des boucliers
  Sur le haut des tours crénelées :
Roulons à bras tendus, poussons ce roc géant,
Et qu'il tombe, vengeur, dans l'abîme béant,
  Sur ces légions mutilées.

      (La pierre tombe.)

Merci, Dieu de Jacob, il a fait son devoir,
  Ce rocher, fils du mont sublime ;
Le pied du vendangeur que l'espérance anime,
Sous lui voit-il ainsi rejaillir le sang noir
  Des grappes qu'il foule au pressoir ?
   Réjouis-toi, Solyme,
De ces coups immortels que tes yeux peuvent voir.

   (Les Israélites soulèvent un autre bloc.)

— Elle pend sur nos fronts la seconde menace :
Entendez-vous siffler l'air pressé qui s'amasse
  Au fond de leurs seins haletants ?
  Voyez-vous leurs bras palpitants
Se raidir de nouveau derrière cette masse ?
  Partons, s'il est encore temps.
Ce mur est un enfer ; nous perdrions nos entrailles
  Sur ces formidables hauteurs ;
Partons, n'écoutons plus nos oracles menteurs,
  Les dieux protègent ces murailles.

   (Les Romains renoncent à l'assaut et rentrent
   dans leur camp.)

SEPTIÈME PARTIE.

—

L'Ironie.

N'introduisez point sous votre toit toute
espèce d'hommes, car le trompeur a mille
piéges.

(*Ecclésiastique*, ch. XI, v. 34.)

SOMMAIRE. — L'incendie des tours mobiles romaines est l'idée
persévérante des Israélites. Jéhu veut, pendant la nuit,
se dévouer et aller mettre le feu aux machines. Informé de
ce dessein, Sadoc médite l'enlèvement de Rachel ; mais
quand il veut exposer son plan à Simon, il le voit disposé
lui-même à une attaque nocturne du camp. Trouvant alors
des railleries sur l'évasion des deux époux, il réveille par la
jalousie la passion de son maître, lui fait part de l'entreprise de Jéhu, et lui demande quatre hommes pour lui
amener Rachel. Sadoc et ses gens s'introduisent par une
fenêtre dans la maison de cette femme, qui est obligée de
suivre les ravisseurs, car on lui enlève son enfant.

I.

(Maison de Rachel. Jéhu et son compagnon
Nephthali prennent congé d'elle. Il est nuit.)

JÉHU.

(A Rachel.)

C'est l'heure, nous partons, Rachel.

8

RACHEL.

Et moi je tremble.

NEPHTHALI.

Ensemble nous vaincrons, nous reviendrons ensemble.

RACHEL.

Si l'on trouve la poix, le soufre dans vos mains...

NEPHTHALI.

Nous entrons dans leur camp déguisés en Romains ;
La prudence nous guide.

RACHEL.

Et moi, l'effroi me glace ;
J'ai des pressentiments qui m'accablent.

JÉHU.

De grâce,
Rassure-toi, Rachel ; deux heures seulement,
Et nous te revenons. Songe à l'événement
Si glorieux pour nous, si fatal aux despotes :
Ils pensent s'attaquer à des âmes moins hautes,
Disent-ils, que les leurs ; il faut leur faire voir
Ce qu'un enfant de Dieu, qui connaît son devoir,
Peut opérer de grand. Nous brûlons leurs machines,
Cette nuit ; et demain, tout couvert de ruines,

Aux regards d'Israël leur camp se montrera.
Brisons l'espoir de Rome, ou bien elle viendra
S'asseoir à nos foyers, et sous nos toits en flammes
Egorger nos vieillards, nos enfants et nos femmes.

NEPHTHALI.

Rome désespérant de renverser nos murs,
Ira chercher ailleurs des triomphes plus sûrs.

RACHEL.

Puisqu'il le faut, partez.

JÉHU.

Pour que Sion soit libre.

NEPHTHALI.

Pour que Rome bientôt remonte vers le Tibre.

RACHEL.

Si moi-même.... L'amour m'ordonne et me défend
A la fois de vous suivre.

JÉHU.

Oh ! non, sur ton enfant,
Rachel, tu dois veiller ; adieu.

NEPHTHALI.

Cette demeure
Reverra votre époux ; il faudra que je meure
Mille fois, ô Rachel, avant qu'un bras romain
De ce cœur que j'abrite ait trouvé le chemin.
Reposez-vous sur moi.

JÉHU.

Pas de pleurs, tu m'enchaîne.

NEPHTHALI.

C'est moi qui vous le prends, moi qui vous le ramène.

(Ils partent.)

II.

(Tour d'Hippicos. Même heure de la nuit.)

SADOC.

Elle a pu l'enlever ! Je reste confondu ;
Et je n'ai rien prévu ! rien vu ! rien entendu !
En vérité, la femme est plus que nous rusée.

SIMON.

J'en suis content.

SADOC.

Content !

SIMON.

Mon âme est apaisée.
Mes remords, quand je sus qu'il venait de partir,
S'éteignirent. Ton zèle en faisait un martyr.
Jéhu ! bon citoyen, bon soldat, ma victime !...
J'aimais Rachel, sa femme, et voilà tout son crime.

SADOC.

Et n'est-ce pas assez ? — L'irrésolution
Que je vois se jouer de votre passion,
M'épouvante pour vous. Vous êtes bien à plaindre.
Quoi ! désirer toujours et toujours se contraindre !

SIMON.

Je ne désire plus, je retourne à Sara.

SADOC.

Je ne vous dis qu'un mot : cet amour vous tûra.
Comment ! il faut se dire : entr'elle et moi s'élève
Un mur infranchissable ! et tandis que je rêve
Au moyen d'enlever sûrement ce trésor ;
Que j'invente, détruis, refais, détruis encor,
Un autre, son mari, s'enivre dans sa couche,

Tranquille, de sa voix, de ses yeux, de sa bouche;
Puis, il se rit de moi.

SIMON.

Tu crois qu'il en a ri?

SADOC.

S'il en a ri! Je sais qu'on bafoue un mari,
Lorsque, sans le savoir, trahi par une femme,
D'autres yeux que les siens lui découvrent la trame;
Mais on ne rit pas moins de l'amant confondu,
Voulant cueillir le fruit de l'arbre défendu
Et qui n'y peut atteindre.

SIMON.

Oui, j'ai chassé ce rêve.
Parlons plutôt, parlons de nos combats sans trêve,
De Rome et de Solyme et de notre valeur;
Parle-moi de ce siége.

SADOC.

(Avec ironie.)

Un jour, un oiseleur
Prend un jeune ramier, le met dans une cage;
La colombe survient. Pour le rendre au bocage,
Son bec brise un roseau de la vieille prison,
Et, libres, tous les deux montent vers l'horizon.
L'oiseleur se réveille à ce chant de victoire,
Et son œil suit leur vol. C'est un peu votre histoire.

SIMON.

Tais-toi, Sadoc, tais-toi. Ne viens pas réveiller...

SADOC.

Un feu qui dans le cœur ne fait que sommeiller.
Ce feu, que vous cachez sous la cendre, est à craindre,
Et, — si c'était possible, — il vaudrait mieux l'éteindre.

SIMON.

Je l'éteindrai, Sadoc, n'en parlons plus. — Sans bruit,
Les plus braves et moi, nous entrons cette nuit
Dans le camp des Romains.

SADOC.

(A part.)

Quelle coïncidence !
Il renverse mes plans, s'il part. De la prudence !
Jéhu qui part aussi... moi qui précisément
Songeais à profiter de cet éloignement.
Soyons adroit. Bientôt l'autre viendra me faire

(Il va à une fenêtre.)

Le signal convenu. Rien encore.

(Revenant, haut à Simon.)

L'affaire
Est grave, difficile, et la diversion,
Certes, ne manque pas à votre passion.

SIMON.

Oui, oui, je vais au camp. Donne-moi cette épée,
Que dans le sang romain j'ai si souvent trempée.

SADOC.

J'y vais, maître.

(Il va chercher l'épée.)

Et de plus, que me demandez-vous?

(A demi voix.)

La biche est imprenable, on va traquer les loups.

(Haut.)

Le casque?

SIMON.

Hâte-toi, porte aussi la cuirasse.

SADOC.

(A demi voix.)

Oui, c'est toujours chasser, si c'est une autre chasse.
Nous risquons, toutefois, d'être un peu moins heureux.
Les loups, aussi rusés, de plus sont dangereux.
Ils nous montrent les dents. Pour toutes aventures,
Nous ne rapporterons que des égratignures.
Ah! si j'aimais Rachel, si je...

SIMON.

(Avec dépit.)

Que ferais-tu?

SADOC.

Rien.

SIMON.

Donne donc l'épée.

SADOC.

Oui, j'ai moins de vertu
Pour dompter, comme vous, dans le fond de mon âme,
La passion qui gronde à l'aspect d'une femme ;
Mais aussi, je me crois moins stérile en moyen.

SIMON.

(A demi voix.)   (Haut.)

Le fat! amoureux, lui! Que veux-tu dire?

SADOC.

Rien ;
Mais vous avez raison, j'aime votre langage ;
Le calme est revenu, ne faisons point l'orage.

SIMON.

(Avec dépit.)   (Avec ironie.)

Moins stérile en moyen! Pour les surprendre ainsi,
Que ferait-il ?

8*

SADOC.

(Apportant les armes.)

(A part.)   (Haut.)

Il va me revenir. Voici,
Mon maître, votre épée.

SIMON.

(Avec plus de dépit.)

Un peu moins d'importance ;
Tu te perdrais, Sadoc, par trop de confiance.

SADOC.

Le casque.

SIMON.

(Avec un dépit croissant.)

En vérité, mais ne dirait-on point
(S'efforçant de rire.)
Que les femmes, pour lui faciles.... Le fat ! Point.
(Riant plus fort.)
Ainsi tourné, fi donc ! Allons, c'est assez rire ;
Ma cuirasse, Sadoc.

SADOC.

(A part.)

Oui, qui souffre, déchire.

(Allant à la fenêtre.)
Quand viendra le signal ?
(Haut.)
Eh bien ! écoutez-moi,

Votre expédition sera vaine.

SIMON.

Pourquoi?

SADOC.

(Bas.)   (Haut.)

Ah! voilà le signal! Pour tenter un prodige,
Quelqu'autre vous devance et déjà se dirige
Vers le camp ennemi.

SIMON.

Que dis-tu?

SADOC.

Que le sort
S'obstine à vous poursuivre; et vous connaissez fort
Celui... devinez donc. Oh! la bonne fortune!
Mais que peut un esprit d'une trempe commune?
     (Pesant sur les mots.)
Un mari se hasarde à cet événement,
     (Surprise de Simon, qui se trouble.)
Ouvrant, cette nuit même, un champ libre à l'amant,
Qui, brave contre Rome, ici manque d'audace.
Jéhu prend votre idée et vous laisse sa place,
En deux mots voilà tout. Seule, dans sa maison,
Rachel... Mais non, j'ai vu que vous aviez raison;
Je me tais et je pars, car le sommeil me gagne.
Oh! vous, vous ferez bien de vous mettre en campagne;

Hâtez-vous d'accomplir le projet favori ;
Abandonnez la femme et joignez le mari.
Voudriez-vous lui laisser encor cette victoire?
Renonçant au plaisir, du moins cherchez la gloire.
Allons, bonsoir.

SIMON.

(D'une voix sombre.)

Sadoc !

SADOC.

Bon soir.

SIMON.

Sadoc !

SADOC.

(Revenant.)

Eh bien !

(A part.)
Le maître veut chasser, il rappelle son chien.

SIMON.

(Même ton.)

Tu dis que, cette nuit, Jéhu hors des murailles...

SADOC.

Il est peut-être pris ou mort déjà.

SIMON.

(Même ton.)

Tu railles,

Et tu veux te jouer de cette passion.
Tu prétends que Rachel...

SADOC.

(Avec ironie.)

C'est la tentation ;

Repoussez-la , mon maître , et moi , je dois me taire.

SIMON.

(Même ton.)

Tu parles à moitié toujours , et le mystère
Est dans tes moindres mots.

SADOC.

Ou ce n'est qu'à moitié

Que votre esprit comprend , et vous faites pitié.

SIMON.

Non, je suis malheureux.

SADOC.

Quatre hommes ; je l'amène.

SIMON.

Tu dis ?

SADOC.

Vous le voyez, à moitié.

SIMON.

Tu m'entraîne :

Va.

SADOC.

Mais renfermez-vous, pour plus de sûreté,
Dans une tour voisine avec votre beauté.
De la tour d'Hippicos confiez-moi la garde.

SIMON.

Vole donc.

SADOC.

(A part.)

Bien, Sara maintenant me regarde.
(Sadoc s'éloigne.)

III.

(Maison de Rachel, même nuit.)

RACHEL.

(Seule.)

Si j'avais pu les suivre! Oh! que le temps est long!
L'heure semble marcher avec des pieds de plomb.
Je voulais travailler; vingt fois recommencée,
Ma tâche se suspend sur la même pensée.
Mes laines! mes fuseaux!

(Elle croit entendre du bruit; elle se trouble.)

Quel est cet autre effroi?
Je puis trembler pour lui, qu'ai-je à trembler pour moi?
C'était le vent. — Mais non, ce sont des voix. — Chimère!
— Femme, je n'ai pas peur; j'ai peur, épouse et mère.

(Une fenêtre est tout-à-coup forcée. Sadoc, par
une échelle, pénètre avec quelques hommes
dans l'appartement.)

RACHEL.

Ah!... contre moi qui donc a déchaîné ces loups?
Au secours! au secours! moi seule contre tous!

(Elle saisit une hâche d'armes.)

SADOC.

(A ses hommes.)

A vous, saisissez-la.

RACHEL.

(Levant la hâche sur celui qui s'avance
pour la prendre.)

Tu ne m'auras point, lâche.

UN DES HOMMES.

(A Sadoc.)

Vous ne nous parliez pas de cette rude tâche,
Et des difficultés.

SADOC.

Dans l'angle de ce mur
Poussez-la.

(Apercevant le berceau.)

Mais voici le moyen le plus sûr ;
La femme un peu trop loin mènerait cette affaire ;
Moi, je laisse la femme et m'attaque à la mère.

(Il s'empare de l'enfant, et se dirigeant vers la fenêtre,
met le pied sur l'échelle.)

Celle-ci se rendra, car j'ai l'enfant. A vous !

(Les hommes s'avancent encore et entourent Rachel, qui,
anéantie à la vue de son fils enlevé, laisse tomber son
arme.)

RACHEL.

Mon enfant ! mon enfant ! Je tombe à vos genoux,
Rendez-moi mon enfant ! Oh ! je vous en supplie,
Rendez-moi mon enfant. Tenez, que l'on me lie,

Je ne résiste plus, voilà mes mains, prenez;
Rendez-moi mon enfant.

SADOC.

(A ses hommes.)

Maintenant, baillonnez.

(Ils entraînent Rachel.)

HUITIÈME PARTIE.

Les deux Passions.

> Plusieurs se sont perdus par la beauté de
> la femme.
>
> (*Ecclésiastique*, ch. IX, v. 9.)

SOMMAIRE. — Rachel, renfermée dans la tour d'Hippicos, résiste aux menaces de Simon, qui, touché de la douleur de
cette femme, et ne se sentant pas la force du crime, veut
lui rendre sa liberté, lorsque Jéhu vient assiéger la tour.
Simon s'échappe par une porte dérobée. — Pendant ce temps-
là, Sadoc, dans la tour d'Hippicos, veut faire violence à Sara,
qui le foudroie par son regard. Anéanti, Sadoc lui demande
la mort; elle le chasse avec mépris. La vengeance rempla-
cera l'amour.

1.

(Un appartement dans une tour voisine de
celle d'Hippicos. Simon y tient Rachel renfermée. L'enfant repose dans un appartement qui touche à celui-ci.)

SIMON.

Ainsi vous le voulez?

RACHEL.

Achevez; et sans trève,
Pour en finir plus tôt, frappez de votre glaive.

SIMON.

Ainsi je vais frapper un être ravissant,
Une tête de rose? Eh! quoi, le cri du sang,
Ne l'entendez-vous point? Et, tandis qu'il sommeille,
Faut-il, — vous connaissez cette bouche vermeille,
Ces yeux d'azur, ces mains qui cherchent à saisir,
O mère, votre sein frémissant de plaisir, —
Faut-il que nous tranchions la fleur dans sa racine? —

RACHEL.
(Avec fermeté.)

Faites.

SIMON.
(Furieux.)

Je le ferai, femme; quand je m'obstine
Une fois dans le mal, le mal n'est plus pour moi;
Tout est bien, tout est beau, je franchis toute loi;
Le crime a son ivresse.

(Il tire vivement son épée, et tout-à-coup s'arrête, le dos
tourné à Rachel.)   (A part.)

O Dieu! que vais-je faire?
Suis-je bien moi? rêvé-je? arracher à sa mère
Un enfant! Je l'ai dit, ô honte! je l'ai dit!
Un génie infernal a sur mon front maudit
Posé sa main de feu. Tant de grâce et de charmes!
Comme elle doit souffrir! Pour se cacher, ses larmes
Retombent sur son cœur, comme du plomb fondu:
Je n'ose regarder. Où suis-je descendu?

RACHEL.

(Avec une expression indéfinissable de
douloureuse résignation.)

Pourquoi s'arrête-t-il, puisqu'il a pris l'épée ?
Faut-il mourir cent fois avant d'être frappée ?
Ou de ses cruautés est-ce un raffinement
Qu'il veuille jusqu'au jour prolonger mon tourment?
Mais si quelque pitié reste au fond de votre âme,
Abrégez les douleurs de cette pauvre femme ;
Le souvenir des miens n'est plus qu'un poison lent,
Et commencez d'abord par épuiser mon flanc.

SIMON.

(A part.)

O sombre passion, où m'a poussé ta rage ?
La rougeur de la honte envahit mon visage ;
Comment la regarder ?

RACHEL.

Nuit fatale ! Pourquoi,
Partant pour les combats, partirent-ils sans moi?
Ces hommes, lâcheté ! seule dans ma demeure
Ils m'ont surprise, — ayant pour cela choisi l'heure
Et marchant à pas sourds, ainsi que font les loups, —
Seule avec mon enfant, moi seule contre tous!

SIMON.

(A part.)

O Sadoc infernal !

(L'enfant crie.)

RACHEL.

Et je ne suis pas morte !
Oh ! j'ai le cœur broyé. Je me croyais plus forte.
Qui lui donne des cris si déchirants?... Jamais
Il ne s'est plaint ainsi. Je me sens faiblir... Mais
Ces cris vont l'étouffer... Je vais devenir folle.
Être si près de lui, pourtant ! — Une parole,
Pour attendrir cet homme, une seule... O douleurs !
Je n'ai plus que la voix des sanglots et des pleurs.

SIMON.

(Vaincu par la pitié.)

Dans le bien, dans le mal, je ne suis que faiblesse.
Le mal est moins facile encore, et je me laisse
Reprendre par le bien ; car, pour rester mauvais,
Il faut être Sadoc.

    (Décidé à renoncer à sa passion et à renvoyer Rachel, il
      va chercher l'enfant et le rend à sa mère.)

RACHEL.

(Avec transport.)

Oui, oui, je le savais,
Que la voix d'une mère irait jusqu'à son âme :
Ce front n'annonçait point à mes yeux un infâme.
Quelqu'autre le poussait, dont la brutalité
N'a pu tuer en lui la générosité.
Oh ! ne rougissez point de l'acte que vous faites.

SIMON.

(Avec une lenteur singulière.)

Je rougis à vos yeux d'être dans les tempêtes
La nacelle impuissante, et je me fais pitié :
Il le disait bien, lui : je fais tout à moitié ;
Ni le mal, ni le bien. Rachel, femme divine,
Que puis-je vous cacher quand mon cœur se devine ?
Il monte à mon visage.

RACHEL.

Achevez d'être grand ;
Parmi les nobles cœurs reprenez votre rang ;
J'oublîrai qu'en ces lieux je fus votre victime,
Et la haine bientôt fera place à l'estime.

SIMON.

Femme, tu l'as compris, non, je ne suis plus moi ;
Une fatalité me courbe sous sa loi ;
Le maître a disparu, tu ne vois qu'un esclave.
Hier, je commandais, j'étais fort, j'étais brave,
J'étais bon. Giscala redoutait mon parti,
Les Romains se troublaient. Je suis anéanti,
Je n'ai plus maintenant ni force, ni courage,
Et mon âme n'est plus que lâcheté, que rage,
Perfidie, infamie, horrible cruauté,
Vengeance ; et tout cela, femme, pour ta beauté !
Qu'un seul regard de toi m'ait jeté dans ces crimes !
Qu'un regard dans mon âme ait ouvert tant d'abîmes !

Il faut vous perdre. Eh bien ! partez donc, j'y consens ;
Laissez-moi tout couvert de ma honte. Je sens
Que j'ai touché du mal la dernière limite.
Mais fuyez. Si plus tard des regrets... partez vite.

(Avec une douceur infinie.)

Mais sachez en partant que, si votre Jéhu
A souffert tant de maux, j'ignorais... je n'ai pu...
J'étais lié.

(Bruit d'armes.)

Qu'entends-je ? ô ciel ! la tour est prise !
Quelqu'un a découvert la nocturne entreprise ;
Son mari va punir la coupable action ;
Il pourra se venger. Voilà ma passion,
Oubli de toute chose !

RACHEL.

(Reconnaissant la voix de Jéhu.)

Ah ! mon mari ! je tremble ;
N'allez pas le tuer.

SIMON.

(Furieux.)

Nous combattrons ensemble ;
Personne ne l'aura.

(Les portes sont forcées. Une troupe armée se précipite
dans l'appartement. A leur tête est Jéhu.) — (A part.)

Seul contre tous !

(Simon enlève brusquement l'enfant de Rachel.)

(Haut.)

Enfant,

(A part.)

Sers-moi de bouclier. Voici qui me défend.

JÉHU.

(Aux siens.)

Arrêtez, laissez-moi tout le champ de bataille.

SIMON.

(A Jéhu.)

Si vous vous approchez, contre cette muraille
Je lui brise le front.

(Mouvement de Jéhu et de Rachel. Jéhu s'arrête, sans
avoir le temps de la réflexion.) — (A part.)

L'honneur que j'ai perdu,
Si je sauve mes jours, me sera-t-il rendu?
(Haut.)

Il faut fuir lâchement! Pour avoir cette tête,
Contre les glaives nus protégez ma retraite.

JÉHU.

(Effrayé.)

Qu'il soit libre, il le faut. Maintenant je ne puis...,

(Simon remet l'enfant à sa mère et s'enfuit par une porte
dérobée, connue de lui seul.)

Mais plus tard.

9

RACHEL.

(Gravement.)

Et plus tard, moi peut-être pour lui
Je demanderai grâce et l'obtiendrai peut-être.

JÉHU.

(Étonné.)

Pardonné, lui ! Simon !

RACHEL.

Il mérite de l'être.

II.

(Tour d'Hippicos. Même nuit. Sadoc s'est furti-
vement glissé dans l'appartement de Sara.
Il a eu la précaution de fermer toutes les issues.)

SARA.

(Brusquement.)

Que me veux-tu ?

SADOC.

Je veux, en serviteur fidèle,
Quand mon maître est absent, garder la tour et celle
Dont l'injuste courroux...

SARA.

Tu mens, tais-toi. Serpent,
Qui jamais de Sara n'approches qu'en rampant,
Je t'ai compris. Tes yeux, si ta bouche est muette,
Ont fait briller l'éclair de ta flamme secrète;
Tais-toi, j'ai deviné. Misérable, c'est toi
Qui m'as pris mon époux; qui, l'armant contre moi,
Et, du salut commun détournant ses pensées,
Verses dans son esprit tes fureurs insensées;
Pour que...

SADOC.

(L'interrompant froidement.)

C'est moi, Sadoc; oui, femme, j'en conviens,
Ta main m'a délivré du masque; soit. Je viens...
Ce masque me pesait, et puis, le temps s'envole,
Vieillard toujours pressé. Je viens donc... Ta parole
Est brève, mais la mienne à son tour le sera.
Oui, tout ce que j'ai fait, je l'ai fait pour Sara;
Je touche au but, je t'aime, et sans plus d'artifice...

(Sara tressaille.)

Notre ruse, d'ailleurs, vaut-elle leur malice?
Mais je quitte aujourd'hui le sentier ténébreux;
Je ne suis plus muet et je veux être heureux.

(Sara veut fuir.)

J'ai tout vu, tout prévu, la fuite est inutile :
Tout est fermé, les murs sont épais. Le reptile,
S'il marche sur son ventre, au moins sait arriver;
Désormais de mes mains tu ne peux te sauver.

Ta raillerie est vaine, et tu seras domptée.

(A part.)

Qu'elle est belle, ainsi pâle et la lèvre irritée !

(Il veut se jeter sur elle. Mais dans l'épouvante de Sara
domine une telle expression de dégoût, que Sadoc s'arrête à l'instant.)

(A part.)

Je n'ose pas. D'où vient, dans mes sens répandu,
Et plus prompt que l'éclair, ce froid inattendu ?
Dompté par une femme! Elle me dompte. Il semble
Que je vais tout oser, et je tremble, je tremble,
Oui, je tremble. Sur moi se pose un doigt fatal !
Insensé! mais l'amour est doux, je suis brutal.
C'est ici, je l'avoue, où ma science expire.
Pétrifié! muet! D'où vient donc cet empire
Qu'exerce sur la femme un amour délirant ?
Ah! c'est qu'il est beau, lui! moi, combien différent !
Non, non, l'on ne veut point de moi, non ; la nature,
Dans un jour de gaîté, hélas ! pour ma torture,
Se fit de me créer une dérision.
Je fais horreur à tous! Et la tentation !
M'a-t-il été donné des passions moins fortes !
Ces vipères en moi, dites, sont-elles mortes?
C'était manquer le jeu ; non, pour qu'il fût complet,
Il fallait que mes sens frémissent, il fallait
Que par de vifs désirs mon âme fût pressée,
Et surtout que mon front renfermât la pensée.

(Avec rage.)

Mais je veux me venger de mon destin sur toi ;
De nouveau mon sang bout et tu seras à moi.

(Il veut encore s'élancer sur elle, mais il se sent enchaîné
par l'ascendant de son regard. — Revenant de sa honte.)

Quoi! Sadoc, tu rougis! non, relève la tête.
Esprit, n'es-tu donc pas au-dessus de la bête?
N'humiliras-tu point la matière sous toi,
Matière inférieure? — Inférieure à quoi?
Dans ton esprit rampant que voit-on de sublime?
Les plus honteux calculs, la trahison, le crime?
Qu'importe? c'est l'esprit.

(Il fait un pas et s'arrête encore.)

— Non, je n'oserai pas;
Anéanti, vaincu!

(Avec accablement.)

Femme, eh bien! sous tes pas,
Brise-moi. Je voulais te dompter, tu me domptes.
Mon orgueil, à tes yeux, s'écroule dans ma honte.
Monstre, j'ai mille fois mérité le poteau;
Sauve-moi, femme, prends une épée, un couteau,
Frappe; délivre-moi, par pitié, de moi-même;
Oui, frappe; accorde-moi la volupté suprème
De mourir de ta main; venge-toi d'un démon,
Venge Sara; fais plus encor, venge Simon :
C'est moi qui l'ai perdu.

(Il lui présente un poignard.)

Tiens.

(Sara, par instinct, prend le poignard.)

D'amour il s'enivre,
Et c'est moi, femme....

SARA.

(Avec indignation.)

Oh !...

(Dans le transport de sa fureur, elle lève le bras pour frapper Sadoc ; mais, réfléchissant, elle s'arrête.)

Non, je te condamne à vivre.

SADOC.

(Livide de honte et de rage, lentement.)

Je mourais avec joie, avec bonheur ; j'entend,
C'est un raffinement de cruauté.

SARA.

Va-t-en.

SADOC.

Eh bien ! c'était l'amour ; maintenant, c'est la haine.
Ah ! tu veux la vengeance ? Elle sera prochaine.

(Il sort.)

NEUVIÈME PARTIE.

—

L'Explication.

Le désir de l'impie est d'employer la force
d'un plus méchant que lui.

(*Proverbes,* ch. XII, v. 12.)

SOMMAIRE. — Sadoc, après sa vaine tentative, ne songe plus
qu'à se venger de Sara. Il va rejoindre Jean de Giscala,
son premier maître; mais des hommes de Giscala l'enchaînent et l'amènent à ses pieds. Justification et nouveaux arti-
fices de Sadoc, qui présente à Giscala, pour le délivrer de
Simon, un plan que celui-ci, convaincu, se hâte d'adopter.
Pendant ce temps-là, livré à ses remords, Simon s'accuse
lui-même devant sa femme, et aperçoit, aux premiers feux
du jour, cinq cents croix qui ont été dressées, pendant la
nuit, à la tête du camp romain, et où l'on va clouer des prisonniers.

I.

(La galerie du temple qui regarde la vallée de
Cédron. Entouré de quelques-uns des siens,
Giscala, de cette hauteur, jette les yeux sur la
ville et le camp. C'est le crépuscule du jour;
les objets n'ont qu'une forme vague.)

GISCALA.

Et Simon vit encore! il respire cet homme,
Sans lequel j'étais sûr de triompher de Rome!

Cet immonde Sadoc dont j'ai payé la main,
Pour renverser l'obstacle entré dans mon chemin,
M'a sans doute trahi; devenu son complice,
Il aura contre moi tourné son artifice;
Ou, malheureux peut-être et trompé par le sort,
Dans l'œuvre qu'il tentait il a trouvé la mort.
Toujours de mes moyens la fortune se joue!
Où pourrai-je trouver un cœur qui se dévoue,
Qui reprenne cette œuvre, et renverse, par là,
Les légions de Rome aux pieds de Giscala?
Hélas! espoir trompeur! Rome, comme un reptile,
Redoublant son écaille autour de notre ville,
Nous presse de ses nœuds, et chaque mouvement
Nous fait sentir l'étreinte et le resserrement.
D'éléments étrangers quoique toute formée,
Quel ordre, quel éclat dans cette belle armée!
L'Ibère, le Gaulois, le Breton, le Germain,
Le Numide, le Grec, s'y mêlent au Romain;
Le grand peuple a su faire ainsi, par son génie,
De ces membres divers un corps plein d'harmonie.
Et nous!

(Deux de ses gens lui amènent Sadoc enchaîné.)

Sadoc! vivant! D'où viens-tu? Tu vivais?
Ainsi ce n'est pas moi, monstre, que tu servais?
Tu me trahissais donc? Ah! te voilà! Mais dites,
Où l'avez-vous trouvé? Mais tes ruses maudites
Vont retomber sur toi; tu n'as jamais rêvé
Si large récompense. Où l'avez-vous trouvé?

(S'approchant du gouffre que la vallée de Cédron creuse
au-dessous de la galerie, et au fond duquel on ne peut
regarder sans effroi.)

La belle profondeur! Écoute, homme rapace,
Tu vas avec ton corps mesurer cet espace.

SADOC.

(Épouvanté.)

Mais vous faites erreur, mon maître, je n'ai pas...

GISCALA.

(A ses gens.)

Prenez et soulevez cet homme par les bras.

(Giscala regarde Sadoc des pieds à la tête.)

Je ne fais pas erreur, c'est trois fois la mesure,
Une triple coudée. Ecoute, je t'assure,
Pour te récompenser, Sadoc, sur mon trésor,
— Vous, soyez-en témoins, — autant de talents d'or,
— Mais ne te trompe pas, — que, traversant le vide,
Tu pourras voir de fois, sous ton regard avide,
S'allonger la coudée, entends-tu bien?... Ah! oui,
Aux pieds de mon rival, ton œil trop ébloui,
Quand je comptais sur toi, couvait une autre somme!

SADOC.

Mais vous m'écouterez, mon maître.

GISCALA.

Lancez l'homme.
(On fait un mouvement pour le précipiter.)

9*

SADOC.

Mais je vous ai servi plus que vous ne croyez.

GISCALA.

Hein ?

SADOC.

Mais vous détruisez ce que j'ai fait.

GISCALA.

Voyez
Si l'impudent...

SADOC.

Souffrez, — comment m'échapperais-je ? —
Que je vous parle un peu.

GISCALA.

Parle, et surtout abrége.

SADOC.

D'abord, sur sa poitrine un poignard eût glissé
Sans faire de blessure : il était cuirassé.

GISCALA.

(A ses gens.   . A Sadoc.)
Posez-le. — Parle donc.

SADOC.

Et puis, lui mort, je doute
Que tout fût terminé. J'ai pris une autre route :
Tous les chefs avec lui sont en désunion ;
Il est perdu par moi dans leur opinion.
Avant peu, vous verrez éclater la révolte ;
Je sème en bonne terre, attendez la récolte.

GISCALA.

Je ne te comprends point.

SADOC.

Esclave, j'ai rampé
Dans mon obéissance, et si bien que, frappé
De tant de dévouement, il m'a fait dans son âme
Lire tous ses secrets. Or, il aime une femme,
La femme d'un grand chef, Jéhu, son ferme appui ;
Et Jéhu, maintenant, s'est armé contre lui ;
Il le presse, il le serre, il le bat sans relâche :
De Simon, par degré, le parti se détache ;
Vous le verrez bientôt impuissant, pauvre et nu,
Comme au jour qu'il n'était qu'un soldat inconnu.

GISCALA.

(A ses gens.)

Otez-lui ces liens.

(On détache ses fers)

SADOC.

Et vous, maintenant, maître,
Pour entraîner les cœurs, vous n'avez qu'à paraître.
Profitez de ce trouble. Ah ! si...

GISCALA.

Rassure-toi ;
Sur ce marbre poli prends place près de moi.
(Sadoc s'assied à côté de Giscala.)
Que dis-tu ?

SADOC.

Si par vous ma nouvelle pensée,
Maître, n'eût pas été tout-à-coup traversée...
Mais de haine, aujourd'hui, devenu vil objet,
Devant mourir, pourquoi vous dire mon projet ?

GISCALA.

Ce projet... parle-moi, parle, arrivons au terme.

SADOC.

Connu, vous briserez le front qui le renferme.

GISCALA.

Calme-toi, tu vivras.

SADOC.

Oui, Simon n'étant plus,
Vous donneriez déjà des ordres absolus.

Depuis qu'il sent baisser son influence, il tremble ;
Dans le Palais-Royal son conseil se rassemble
Sombre, mystérieux, et l'on propose, là,
Vingt partis contre Rome et contre Giscala.
Expulsé du conseil, je m'y sais introduire
Par des hommes à moi, qui me viennent tout dire.
Simon se voit perdu, tellement qu'aujourd'hui
Je vous puis, si je veux, rendre maître de lui.
Sous le Palais-Royal je fais creuser des mines
Où, couvertes de poix, s'entassent des fascines ;
J'y dois mettre le feu ; puis, vive Giscala !
Mais j'ai besoin de vous, je venais pour cela.

GISCALA.

(Aux siens.)

Oh ! que je me trompais, mes amis, sur cet homme !
Sadoc, pardonne-moi, je doublerai la somme.

SADOC.

C'était du dévoûment.

GISCALA.

Pardonne.

SADOC.

Si du moins
L'on croyait désormais en Sadoc ! si mes soins

Ne tombaient plus ainsi sous l'injure du doute !
Si l'on ne dressait pas des filets sur ma route !

GISCALA.

Tu seras mon conseil.

SADOC.

    Eh bien donc, une nuit,
Je voulais avec vous l'envelopper sans bruit,
Suivi pour cet exploit d'une troupe hardie,
L'étreindre dans les plis d'un immense incendie,
Et, par là, le forcer, lui coupant tout chemin,
A se frapper au cœur, lui-même, de sa main,
Comme le scorpion qu'a jeté dans son âtre,
Pour s'égayer un peu, la malice d'un pâtre.

GISCALA.

Quand allons-nous agir ?

SADOC.

    Avant cette action,
Et pour la préparer, une sédition
Dont j'ai tracé le plan, dans un jour de colère
Doit pousser contre lui le torrent populaire,
Et ce jour va venir. Maintenant, dites-moi
S'il vous reste en Sadoc, mon maître, quelque foi.

GISCALA.

Pars, on te comptera, je l'ai dit, double somme.

SADOC.

Bientôt vous serez roi.

GISCALA.
(Avec un soupir.)
Quand j'aurai chassé Rome!

II.

(Tour d'Hippicos. L'aurore commence à paraître.)

SARA.
(A Simon.)
Je ne t'accable point de ma plainte jalouse ;
En toute liberté, dans le sein de l'épouse
Épanche tes douleurs.

SIMON.

On ne mérite pas,
Femme, cette pitié, quand on descend si bas.

Insensé! je ne puis commander à moi-même,
Et je combats, ici, pour le pouvoir suprême! (1)
Je suis maudit de Dieu, tout s'attache à mon sort;
Je suis Satan, je suis l'enfer, je suis la mort.
Autour de moi, partout où vont mes pas funèbres,
Je fais sourdre des pleurs, je répands des ténèbres,
Et le dernier silence entre dans les maisons;

---

(1) On m'a reproché de faire de l'anachronisme, en suppo-
sant la lutte des passions ouverte à une époque de matérialisme
abrutissant, lorsque le monde n'était pas encore régénéré par
le Christ. La réponse n'est pas difficile : la loi morale est écrite
dans le cœur de l'homme, et tous les peuples ont cru aux peines et aux récompenses d'une vie future. D'ailleurs, Simon est
israélite, et David est le type le plus beau de la passion repen-
tante, de cette souffrance de l'âme qui fait de la vie un creuset
où nous nous épurons. L'homme est tout entier dans cette
souffrance. Lisez Juvénal, lisez Salluste, Horace, et vous verrez ce qui restait encore dans le cœur humain, au milieu des
turpitudes romaines, du sentiment de l'honnête et du juste.
Je me contenterai de citer un passage d'Ovide, qui en dira
plus que toutes les réflexions.

Médée, amoureuse de Jason, chef des Argonautes, et sollicitée
par lui à abandonner son père pour le suivre, reste quelques
instants flottante entre sa passion et son devoir; voici ce qu'elle
dit :

« Secoue ce tison attaché à ton cœur, si tu le peux, malheu-
» reuse! Ah! si je le pouvais, je serais guérie. Mais, malgré moi,
» une force inconnue m'entraîne; mon désir me pousse à ceci,
» ma raison me dicte cela. Je veux le bien, je l'approuve, et
» je me jette dans la voie mauvaise. »

(OVIDE, *Métam.*, liv. VII.)

La peste, dont les flancs sont gonflés de poisons,
La faim, derrière moi rampent, noires jumelles;
J'arrache les enfants à toutes les mamelles;
Sous mes pieds, chaque jour, roulent des fronts meurtris;
Les pavés contre moi font entendre des cris.
Orgueil, ambition, sombre amour de la femme.
Lionceaux effrénés qui grondez dans mon âme,
Vous avez tout perdu. J'étais bon; mais pendant
Que les vertus versaient leur souffle fécondant
Sur des germes heureux qu'en moi je sentis naître,
Le mal les étouffait. Je n'étais pas le maître
De mes instincts brutaux; dans mes bouillants accès,
Impuissant contre moi, j'allais, j'obéissais.
Le mal, noir tourbillon, m'emportait dans sa sphère;
Si je voulais le bien, je ne pouvais le faire,
Et, le crime semé, j'ai recueilli la mort.
Un spectre, désormais, me poursuit, le remord:
Implacable vengeur, ni l'ardente mêlée
Où penche dans le sang la phalange ébranlée;
Ni l'orageux conseil où, contraires, les voix,
Ainsi que des clairons éclatent à la fois,
Ne peuvent l'éloigner: geôlier infatigable,
Quand je veux me soustraire à moi-même, il accable
De ses chaînes de fer ma tremblante raison,
Et m'attache à mon cœur, cette horrible prison.

> (Il pleure abondamment. Tout-à-coup un grand tumulte
> se fait entendre dans la ville. On court vers les murail-
> les. Cinq cents croix ont été dressées pendant la nuit
> aux portes du camp, et on y cloue des prisonniers. Si-
> mon et Sara se précipitent à une fenêtre.)

SARA.

Dieu de Jacob !

SIMON.

Regarde, ils sont là pour mon crime.
(Avec explosion.)
Et j'ose vivre, moi, quand les fils de Solyme
Expirent à mes yeux sous le marteau brutal,
Lorsque j'entends leurs cris!... Mes armes! mon cheval!
(Il s'arrache à Sara et se précipite pour aller rassembler
ses troupes.)

DIXIÈME PARTIE.

—

Les Croix.

Caïphe, le prince des prêtres, se levant, dit à Jésus : Je t'ordonne par le Dieu vivant de nous dire si tu es le Christ, fils de Dieu.

Jésus répondit : Tu l'as dit...

Alors le grand-prêtre déchira ses vêtements, en disant : Il a blasphémé ; qu'avons-nous besoin de témoins ? Vous l'avez entendu ; qu'en pensez-vous ? Ils répondirent : Il est digne de mort.

(Saint Matthieu, chap. xxvi, v. 63; 64.)

Sommaire. — A la vue des cinq cents croix dressées, Jérusalem s'est rendue presque tout entière sur les murailles. Le vieux Caïphe, autrefois prince des prêtres et juge du Christ, croit revoir la scène du Golgotha, puis, s'exaltant dans sa vision, prophétise l'avenir de l'Eglise, la ruine de Jérusalem et celle de Rome. Rachel reconnaît au milieu des victimes son mari Jéhu, qui n'est encore attaché à la croix que par des liens. Elle passe par toutes les péripéties de la terreur et de l'espoir. Simon attaque le camp. Jéhu est délivré.

(La scène se passe sur les murailles de la ville, en vue du camp romain. Même jour, même heure que dans la partie précédente.)

LA FOULE.

O mon père ! — O mon fils !

UN ISRAÉLITE.

Eloignez donc les femmes.
Que font là les vieillards? L'aspect de ces douleurs
Fait perdre de leur force aux vigoureuses âmes ;
Pour braver le fer et les flammes,
Le courage veut voir du sang et non des pleurs.

CAÏPHE.

N'était-ce pas assez d'un cœur qui me dévore?
Assez d'un souvenir? Faut-il la scène encore?
Frères, délivrez-moi de ce Crucifié,
De ce Nazaréen que j'ai sacrifié ;
Il est là, tout sanglant, sur le poteau que dresse
Sans pitié pour mon cœur une main vengeresse.
Licteur, je t'en supplie, arrache le poteau ;
N'enfonce plus ces clous, laisse-là ce marteau
Qui retentit plus fort au fond de mes entrailles
Que le bruit des béliers ébranlant nos murailles.

LA FOULE.

Jours cruels ! tableaux déchirants !
Cinq cents croix sous nos yeux dressées,
Des enfants éperdus, des femmes insensées
Dont les cris vont porter le trouble dans les rangs ;
Des vieillards délirants,
Qu'agitent d'horribles pensées !

CAÏPHE.

(Avec l'anéantissement de l'effroi.)

C'est pour moi que revient le fatal vendredi ;
La scène recommence ; et comme elle a grandi !
Pitié de moi, mon Dieu ! la vision m'écrase :
La funèbre montagne a tremblé sur sa base,
Une nuit redoutable environne ses flancs ;
Des morts, enveloppés dans leurs suaires blancs,
S'élèvent des tombeaux avec leurs faces vertes,
Et comme pour parler leurs bouches sont ouvertes ;
Leur parole est un souffle, et ce souffle me dit :
Prêtre, juge, bourreau, maudit ! maudit ! maudit !

LA FOULE.

Vieillard, éloignez-vous. — Dites, quel est son crime ?
— Quelque remords l'accable. — Il a perdu le sens.
— Il régnait autrefois parmi les plus puissants.

CAÏPHE.

(Avec le même ton.)

Le gibet monstrueux du ciel heurte la cime ;
Elle monte avec lui, l'effrayante victime ;
Colossale, elle monte, et sous l'énorme poid,
Par degré s'effaçant, le Calvaire décroît,
Spectacle sans pareil, prodigieuse scène,
Supplice de géants qui brise l'âme humaine.

LA FOULE.

(Étonnée.)

D'étranges visions passent devant ses yeux.
— Il est tombé sur cette tête
Quelques rayons des cieux,
Et sa voix surhumaine a l'accent d'un prophète.

CAÏPHE.

(Avec grandeur.)

Le monde a chancelé, car ses deux bras ouverts
Ont touché des deux parts au bout de l'univers ;
Une raison se cache au fond de ces tortures ;
Bouillonnant à grand bruit dans ses larges blessures,
Un déluge de sang s'en échappe, et tout lieu
Est béni, qui reçoit le sang du fils de Dieu.
Puis, de chaque blessure une voix est sortie :
« L'holocauste fait place à la nouvelle hostie ;
« De la première loi les temps sont révolus,
« C'est moi qui vais régner, et le TEMPLE n'est plus.

LA FOULE.

(Gravement.)

C'est la voix de l'oracle,
Ecoutez, écoutez ;
C'est la voix de l'oracle
Qui sort du tabernacle
Dans nos solennités ;
Ecoutez, écoutez.

CAÏPHE.

(Même ton.)

Voici le jour fatal, Jérusalem s'écroule ;
Sur ses riches palais la flamme se déroule ,
Comme un manteau de pourpre immense et dont les vents
A grand bruit dans les airs tordraient les plis mouvants.
Le temple est un volcan. Dans les flammes actives
Le cèdre somptueux voit fondre ses solives ,
Et la ville dont Dieu sape les fondements ,
Dans un vaste foyer roule ses monuments.

LA FOULE.

Israël est perdu ; cette voix inspirée
Nous dit le dernier jour de la ville sacrée.
Israël ! Israël ! ô peuple malheureux !

CAÏPHE.

A son char, ô Juda , quelle reine te lie ?
Plus terrible qu'Assur , c'est la forte Italie :
Mèdes , Egyptiens , Ninivites , Hébreux ,
L'Orient s'est éteint ; l'Occident ténébreux
S'illumine à son tour ; notre soleil se couche.

LA FOULE.

Grand Dieu ! la vérité sort-elle de sa bouche ?

CAÏPHE.

(Avec une sorte d'ivresse).

Vengeance! bats des mains, Juda! De mœurs farouche,
Etrange de costume, âpre d'accent, le Nord
Apporte à ton vainqueur le ravage et la mort.
Rome, en brisant le temple, accomplit la parole,
Et je vois, à son tour, tomber le CAPITOLE.

LA FOULE.

(Partageant cette ivresse).

Le peuple de Jacob en oublira ses maux;
Au pressoir du Seigneur broyés comme la grappe,
Que leur sang en jaillisse à flots,
Et nous bénirons tous le glaive qui nous frappe.

CAÏPHE.

(Avec ironie).

Sur un lit de lauriers, l'imprudente s'endort :
Pleine d'un vin de Crète, une patère d'or
Echappe de ses mains, et sa face rougie
S'enflamme des couleurs brutales de l'orgie.

LA FOULE.

Frappez, peuples, frappez, vengez notre destin!

CAÏPHE.

(Avec transport).

Les voilà! les voilà! Rome tout étonnée,
Dans un cercle de fer se réveille enchaînée;

Ils l'égorgent parmi les roses du festin,
Et, souillant le banquet, partagent le butin.

LA FOULE.

(Avec le même transport.)

Elle est donc morte aussi, l'orgueilleuse maîtresse ?
    Chantez, fils de Jacob, chantez.
    Si la victoire a son ivresse,
    La vengeance a ses voluptés.
    Chantez, fils de Jacob, chantez.

CAÏPHE.

(Avec lenteur.)

Elles couvrent au loin de leurs vastes ruines :
Sion, les monts sacrés ; Rome, les sept collines.

LA FOULE.

(Avec plus de lenteur.)

    Comme autrefois,
    Sur d'autres rives,
    Sous d'autres lois,
    Tribus captives,
    Nous courberons
    Nos humbles fronts,
    Et, fugitives,
    Elèverons,
    Loin de ces monts,
    Nos voix plaintives.

10

CAÏPHE.

(Avec admiration.)

La CROIX brille au sommet de cette autre Babel (1).
Ceux qui s'agenouillaient devant Baal et Bel,
Ceux craignant Jupiter assis dans les nuages,
Ceux qui du crocodile adoraient les images,
Ceux qui voyaient un Dieu dans le soleil levant,
Dans l'arbre, dans la fleur, dans le souffle du vent,
Dans la source argentée et dans la mer profonde,
Ceux enfin qui disaient : O Pan, maître du monde,
Tous, pour en assurer l'éternel fondement,
Apportent, à la fois, la pierre et le ciment;
Dans un cercle infini dilatant son enceinte,
Tous travaillent aux murs de la demeure sainte.
Si haut, par les géants, jamais ne s'éleva
Babel, qu'interrompit la main de Jéhova...

LA FOULE.

Quelle est cette Babel que ta voix nous annonce,
    Et que lis-tu dans l'avenir?
    Réponds, vieillard... Plus de réponse.
    Voyez-vous son œil se ternir?

---

(1) On ne doit voir dans cette comparaison de l'Église du
Christ avec Babel qu'un simple rapport, celui de la grandeur
et de l'étendue; car, selon les commentateurs bibliques, Babel
n'était pas une tour, mais bien le projet d'une ville immense,
où tous les peuples devaient trouver un abri contre un nouveau déluge.

Sa bouche s'est fermée et sa tête retombe :
On dirait un corps froid que réclame la tombe ;
L'esprit qui l'animait s'est retiré de lui,
    Comme l'éclair qui, dans l'espace,
        A lui
        Et passe.

(Il se fait un tumulte dans la foule désolée qui assiste
au crucifiement : Une femme, pâle, les cheveux épars,
s'arrache aux bras de ceux qui veulent la retenir ;
égarée, elle dévore des yeux le spectacle des croix ;
on dirait qu'elle va se précipiter du haut des murailles pour arriver plus vite au camp : cette femme,
c'est Rachel.)

RACHEL.

Laissez, j'y veux courir : je veux à mon mari
Me joindre ou le sauver. Barbares, quoi ! meurtri,
Devant moi, sous mes yeux, vous voulez qu'il expire ?

LA FOULE.

Retenez cette femme, elle est dans le délire.
          (On entoure Rachel.)

RACHEL.

Je vous dis que j'irai. Je cours au camp. Pourquoi,
Qui veut me retenir ? Laissez-moi, laissez-moi ;

Cet homme m'appartient, entendez-vous? Vos pères,
On les suspend peut-être, et vous, femmes, vos frères ;
Et vous restez muets ! et vous ne courez pas !
Vous ne me suivez point pour les tirer des bras
De ces affreux bourreaux?

(Saisissant par la main une femme désolée.)

Viens, suis-moi, toi qui pleures,
Suis-moi, ne reste point à consumer les heures
En inutiles cris sur ces murs condamnés;
Courons.

(Dans ce moment, Simon, à la tête de ses troupes, fond sur
le camp romain, où cette attaque imprévue jette le désordre.)

Dieu de Jacob ! comme des forcenés
Ils tombent, voyez-vous? sur l'armée ennemie,
Pour abattre les croix et punir l'infamie.

(Montrant Simon.)

Et c'est lui qui les guide au combat. Je l'ai vu,
C'est lui-même, c'est lui qui va sauver Jéhu.
Dans un sombre cachot dont j'ai brisé la chaîne,
Il eût sacrifié mon époux à sa haine;
Mais comme il est changé ! Je suis sûre de lui,
Et ce n'est pas à tort que cet espoir m'a lui.
Quelle ardeur ! quels élans ! Pour tenter ce prodige,
L'arracher à la mort, il n'est que lui, vous dis-je.
Voyez, à droite, à gauche, aux deux extrémités,
Tantôt au front, tantôt aux flancs, de tous côtés,

Terrible, il fait bondir son cheval, et tout vole
A l'éclair de ses yeux, au feu de sa parole.
Sabaoth ! Sabaoth ! voici le camp romain
Qui s'abat sur eux, comme une masse d'airain,
Et sur le bois rougi les victimes qu'on voue
Se tordent de douleur sous le bourreau qui cloue.
Dieu ! s'ils tuaient Jéhu ! s'ils le tuaient, avant
Que Simon n'ait poussé jusqu'à sa croix. O vent,
Prêtez vos ailes ; ciel, lancez votre tonnerre ;
Sur vos vieux fondements ébranlez-vous, ô terre.
Il force l'ennemi, c'est bien : le camp, troublé
D'une attaque si vive, a déjà reculé !
Il renverse, il foudroie. Oh ! quel homme ! quel homme !
Refoulez, mes amis, refoulez cette Rome ;
Courez à ces licteurs qui montent au poteau ,
Qui tiennent dans leurs mains les clous et le marteau,

(Avec douceur.)

Qui semblent hésiter, qui s'arrêtent. — Mes frères ,
C'est moi qui vous en prie , en vos saintes colères
Ne pourriez-vous puiser des efforts surhumains ?
On va clouer ses pieds, on va clouer ses mains.

(Avec transport.)

O Seigneur, sois béni ! tous reculent en foule :
Le licteur éperdu s'enfuit, l'échelle roule ;
Les cordes, les marteaux, les clous gisent épars.
Victoire ! car Simon tombe de toutes parts
Sur les rangs ennemis. Je crois voir dans son glaive
L'extermination. Voyez, sa main s'élève
Vers mon époux et dit : Je viens. — Je le savais.

(Avec délire.)

Il relève l'échelle, il monte. Je pouvais
Y compter sûrement, car j'ai compris cette âme.

(Avec douleur.)

Mon Jéhu, qu'est cela? Ton œil lance la flamme?
Mon Jéhu ne veut pas être sauvé par lui!
De son bras déjà libre il le repousse !

(Avec tremblement.)

Oh! oui,
Cette prison, ce rapt... il se souvient encore :
Voudrait-il le salut d'un rival qu'il abhorre?
Mais il va, l'ennemi, revenir plus nombreux.

(Faisant des signes à Jéhu, qui aperçoit Rachel. — Met-
tant des larmes dans sa voix, comme si Jéhu l'entendait.)

Va, laisse-toi fléchir, car il est généreux,
Mon Jéhu : c'est pour toi, songes-y, qu'il s'expose ;
Ne te fais pas ainsi le martyr de ma cause,
Car c'est un dévoûment qui me rend au bonheur,
Qui rachète sa faute et qui lui rend l'honneur.

(Avec ivresse.)

La persuasion, dans son âme, sans doute,
A coulé : les deux bras sont libres. Il écoute,
Il se laisse convaincre, et le dernier lien
Roule au pied de sa croix. — On le détache. Bien,
Il est libre, il reçoit une épée.

(Égarée de joie.)

Ames fortes ,

Revenez-nous.

(Se tournant vers la foule des spectateurs.)
Allons‧les recevoir aux portes.

(Elle s'élance vers les portes de la ville, et une partie de
la foule la suit, car plusieurs autres victimes sont déli-
vrées.)

———————

LIVRE TROISIÈME.

ONZIÈME PARTIE.

—

Le Chant de Samson.

Et saisissant les deux colonnes, l'une de
sa main droite et l'autre de sa main gauche : Mourons, dit-il, avec les Philistins.
(*Juges*, chap. XVI, v. 29 et 30.)

SOMMAIRE. —. Les partisans de Simon, réunis dans le Palais-
Royal, désespérant de sauver la ville, s'abandonnent : les
uns, à l'idée des plaisirs, qui font tout oublier ; les autres,
craignant Dieu, à la prière et à l'espérance d'une vie meilleure. Simon survient, leur reproche leur lâcheté, les engage à s'ensevelir avec lui, plutôt que de se rendre, sous les
ruines de la ville, et leur rappelle l'épisode de Samson. Cependant, des flammes éclatent dans toutes les parties de la
salle. Sadoc a tenu sa promesse et mis le feu au palais, qu'assiége Giscala avec sa troupe. Tumulte et combat. Simon
s'ouvre un passage, l'épée à la main, mais il reçoit une blessure dangereuse.

(La scène se passe dans le Palais-Royal.)

LES SCEPTIQUES.

Hâte-toi de tresser les roses passagères;
    Esclave, couronne nos fronts;

10*

Ne prêtons point l'oreille aux bouches mensongères,
Et courons aux plaisirs, car demain nous mourrons.

    Nous touchons aux portes suprêmes :
Craignons-nous de tomber dans le gouffre béant ?
Et reculerons-nous avec nos faces blêmes
      Sur le seuil du néant ?

Dieu n'est qu'un mot créé par des hommes infâmes
Pour soumettre à leur joug les enfants et les femmes ;
Ils emportent les cœurs dans un monde inconnu ;
Gardez-vous bien de boire à la coupe profonde
De leur folle sagesse, et riez de leur monde ;
    Et qui donc en est revenu ?

Hâte-toi de tresser les roses passagères ;
    Esclave, couronne nos fronts ;
Ne prêtons point l'oreille aux bouches mensongères,
Et courons aux plaisirs, car demain nous mourrons.

LES CROYANTS.

    Quand l'orgueil couronnait vos têtes
    D'un diadème éblouissant,
On admirait en vous la noblesse du sang,
Et votre or ruisselait dans de coupables fêtes ;
    Mais le bois armé de fer
    Qui siffle et divise l'air ;
    L'ombre qui court et s'efface,
    La voile effleurant la mer,

L'aile traversant l'espace,
L'éclair qui s'allume aux cieux,
Tout passe
Moins vite que le nom, la fortune, vos dieux,
Et votre court triomphe a laissé moins de trace
Aux yeux.

CHŒURS MÊLÉS.

— Mangez, buvez. — Prions. — Qui? Dieu? Dieu ne peut être.
— Il est, fut et sera.
— Faibles ou faux, tous ceux qui le nomment leur maître.
— Insensés, contre vous lorsque Dieu rugira,
Vous le reconnaîtrez peut-être.
— Le lâche craint la mort. — Je ne crains que Dieu seul.
— Je marcherai vers le supplice,
Je m'envelopperai dans le pâle linceul,
En vidant mon dernier calice.

LES CROYANTS.

A tous ces vains plaisirs avant de dire adieu,
Frères que nous aimons, reconnaissez un Dieu :
C'est notre père à tous ; c'est le maître des mondes,
Qui lance les soleils dans leurs routes profondes ;
Qui parle, et les éclairs répondent : Nous voici ;
Qui dit à l'Océan : Tu viendras jusqu'ici ;
Qui calme ou fait blanchir son écume troublée,
Transporte la montagne et comble la vallée ;

Dont les mains ont creusé les antres de la mort ;
Qui sait d'où vient le jour, qui sait d'où la nuit sort.
Qui peut lui résister quand sa fureur bouillonne ?
Sous lui, comme un roseau, la puissante colonne,
Or, bronze ou diamant, se courbe, et pas un roi
Ne peut lui demander : Mais, Seigneur, mais pourquoi ?

LES SCEPTIQUES.

Notre âme n'est asservie
Qu'aux plaisirs, festins, beautés ;
Epuisons toute une vie
Dans un jour de voluptés.

Accourez, jeunes fous, dont la sève fermente,
Frémissant sous le toit des parents soucieux,
Comme dans ses liens l'onagre (1) se tourmente,
Et lance, en hennissant, la flamme par les yeux, —

Enfants que nous voyons, dans votre ardeur première,
Dévorer du regard la vierge qui bondit,
La roue impétueuse effleurant la poussière,
Et le bouclier d'or qu'un cyclope arrondit.

Et vous qui, rappelant un amoureux délire,
Quand se montre à vos yeux la splendide beauté,
Troublés par un regard, une voix, un sourire,
Demandez pour vos sens les feux de votre été,

_____

(1) Ane sauvage dont il est parlé dans l'Ecriture.

Venez à nous, vieillards, pour oublier vos peines ;
Près de nous rajeunis, vous rirez de la mort ;
Pour réveiller le sang endormi dans vos veines,
La patère profonde écume jusqu'au bord.

Puisque Jérusalem doit crouler sur ses bases,
Fêtons l'heure suprême et narguons le trépas ;
Brûlons le cinnamome (1), épuisons les grands vases,
Et que la fleur du temps ne nous échappe pas.

Jusqu'au terme fatal précipitons sans crainte
Nos désirs écumants, coursiers de feu. Laissons,
Dans nos derniers transports, une éternelle empreinte
De nos jeux effrénés partout où nous passons.

Esclaves, du palais ouvrez les larges salles ;
Hâtez-vous, préparez de somptueux festins ;
Nous voulons dépasser en folles saturnales
Les fureurs de l'Asie et des pays latins ;

A cette heure suprême, apportez aux convives,
Dans le ventre profond des vases ciselés,
Les vins, trésors sans prix des plus fécondes rives,
Et sur les plats d'argent les grands daims étalés.

Que des flots de lumière inondent cette orgie ;
Et tandis que le vin bouillonne tour-à-tour,
Et tarit, épuisé, sur la lèvre rougie,
Appelons près de nous les beautés et l'amour :

---

(1) Parfum.

Parfumez d'aloès vos couches énervantes ;
Femmes, recouvrez-les des plus riches réseaux,
Et des housses sans prix aux peintures savantes
Que les Egyptiens tirent de leurs fuseaux ;

Roulez sous nos lambris vos voix enchanteresses,
Plus molles que le chant des flûtes dans les bois,
Tandis que les anneaux de vos splendides tresses,
Par plis capricieux serpentent sous vos doigts ;

Et, remplissant d'éclairs leurs prunelles lascives,
Vos esclaves charmés à vos pieds tomberont,
Pour qu'au milieu des fleurs leurs bouches convulsives
Dévorent les trésors dont ils s'enivreront.

Si la mort cependant pénètre dans nos salles
Nous criant : Me voilà, nous dirons : A ton tour ;
Et puis, nous jèterons, en tombant sur les dalles,
Dans le cri d'agonie, un dernier cri d'amour.

Notre âme n'est asservie
Qu'aux plaisirs, festins, beautés ;
Epuisons toute une vie
Dans un jour de voluptés.

LES CROYANTS.

Justes, éloignez-vous en criant : Anathème !
Leurs voix contre le ciel ont lancé le blasphème,
Quand Dieu les tient déjà penchés sur leurs tombeaux ;

Quand ils meurent pareils à des plantes fanées,
Pareils aux vêtements que rongent les années,
    Et qu'on voit tomber par lambeaux.

Ils ne savent donc pas sa puissance infinie?
Qui du chœur des soleils a réglé l'harmonie?
Qui roule avec fracas sur le charriot des vents?
Qui donc assied la terre, et qui des mers profondes,
Dans une épaisse nuit enveloppe les ondes
    Comme dans des langes d'enfants?

Ne peux-tu point, Seigneur, lorsque tu les remues,
Briser comme un cristal les montagnes émues,
Ou, comme une vapeur, les dissiper aux yeux?
Et qui fait tressaillir le grand troupeau des îles,
Répandu sur les flots inquiets ou tranquilles,
    Comme les astres dans les cieux?

Qui traça les sentiers tortueux de la foudre?
Qui nous verse tantôt la pluie en fine poudre
Et condense tantôt les nuages errants,
Pareils à des taureaux près de lutter ensemble,
Et du choc, quand l'air gronde et que la terre tremble,
    Fait jaillir de larges torrents?

Qui dans la foudre a mis le fracas des batailles,
Et le bruit du bélier renversant les murailles,
Mutilant tours, palais, colonnes, chapiteaux?
Et dans l'éclair le feu que vomit la fournaise,

Quand l'acier, retiré tout rouge de la braise,
 Etincelle sous les marteaux ?

Aux sueurs du travail si la terre se ferme,
Cruelle, et refusant sa sève à chaque germe,
Qui rend l'espoir à l'homme et qui tarit ses pleurs,
Quand il voit, tout-à-coup, par les glèbes rouvertes,
La végétation, torrent de feuilles vertes,
 Déborder de fruits et de fleurs ?

Et lorsque Jéhovah se montre en traits visibles,
Sans crainte, sans amour, vous restez impassibles ?
L'injure est votre encens à cet être inconnu ?
Tremblez, car Sabaoth a saisi sa framée ;
La fille (1) du carquois va partir enflammée ;
 Tremblez, votre jour est venu.

Heureux qui dans ce monde apprit à le connaître !
Si nous mourons demain, ce sera pour renaître
Dans une chair nouvelle et sous un ciel plus beau.
Eux, ils vont au néant avec des cris de fête ;
Mais nous irons à Dieu comme le vieux prophète
 Qui mourut sur le mont Nébo (2).

(Survenant au milieu des chœurs, Simon fait entendre sa
 voix et reproche à ses compagnons leur découragement.)

---

(1) La Bible désigne ainsi la flèche dans les Lamentations de
Jérémie.
(2) Moïse fut enterré par les anges sur le mont Nébo.

SIMON.

Ainsi vous oubliez le salut de vos frères !
Jugeant, à nos malheurs, les cieux toujours contraires,
Et détournant les yeux de ces sombres tableaux,
Vous suspendez aux murs le fer des javelots !
Ainsi chacun de vous abandonne sa tâche,
Et, brave jusqu'ici, tout-à-coup se fait lâche !
Sceptiques et croyants, vous ne trouvez au cœur
Que blasphème ou prière au lieu du cri vengeur !
Eh ! s'il le faut, mourons, mais sans quitter nos glaives ;
Mourons en nous vengeant avec rage et sans trèves :
Flétrissons les lauriers sur le front des Romains.
Que Tite, autre Varus, sous de nouveaux Germains,
Pâture des vautours et des corbeaux immondes,
Tombe et gise enfoui dans nos gorges profondes !
Que, visitant un jour ces pâles régions,
Rome s'écrie encor : « Rends-moi mes légions. »
Si Dieu nous a jugés, si nous mourons, qu'il meure,
Et que sa dernière heure arrive avant notre heure !
Que ses chars de victoire, arrêtés dans leur vol,
Renversés, mutilés, et cloués dans le sol,
Racontent sa défaite en laissant sur la plage
L'éternel souvenir d'un immense naufrage.
S'il brûle notre temple, il sera le flambeau
Allumé sur ce camp, devenu son tombeau.

Ecoutez, écoutez, l'hymne qui sur ma lyre
Descend en frémissant et que Sion m'inspire.

Mon œil roule du feu ; ma voix, comme les eaux
Du fleuve, quand il courbe et froisse ses roseaux,
Gronde dans ma poitrine, et ma tête enflammée
Ne peut plus contenir la poésie armée.
« — Il est tombé, Samson ! dans quel gouffre de maux !
On l'attelle à la meule avec des animaux !
O dégradation ! cercle d'ignominie,
Où tourne du captif l'éternelle agonie !
Mais qui plonge ce fer dans sa prunelle ? Horreur !
Il n'a pas éclaté par des cris de fureur,
Par des cris de souffrance ; il a courbé la tête,
Silence formidable où couve la tempête !
Car le jour va venir ; il est venu le jour.

Oui, voilà le banquet à l'immense contour,
Le banquet de l'orgie, où trois mille convives
Elèvent vers Dagon leurs coupes convulsives.
Ils chantent : « Gloire au Dieu, gloire au Dieu souverain.
C'est lui qui du géant brisa le bras d'airain ;
Nos moisssns désormais tombent sous les faucilles,
Et nous voyons grandir nos fils avec nos filles.
Le monstre est terrassé ! qu'on l'amène en ces lieux
Pour que de ses douleurs nous repaissions nos yeux.

Voilà que, tout-à-coup, au milieu de la salle,
Se dresse de Samson la taille colossale.
A l'aspect de ce front d'où les yeux jaillissant
Dans leur vide ont laissé deux noirs caillots de sang ;
De ce corps où le plomb des noueuses lanières,

Par le bras des bourreaux a creusé des ornières ;
Le banquet triomphant hurle un hymne insensé.
Lui, du regard de l'âme il a tout embrassé :
Plus ferme qu'un rocher qu'assiégent les tempêtes,
Il se prépare au choc de ces trois mille têtes.

O tumulte ! ô chaos ! le peuple philistin
Dépouille les autels, la salle, le festin,
Et tout devient une arme : urne aux divins aromes,
Amphore aux larges flancs que soulèvent deux hommes,
Cratère où l'on a bu tous les vins d'Orient,
Candélabre ouvragé par un ciseau riant,
Glaive, vase, trépied, torche du sacrifice,
Jusqu'aux flancs des taureaux où lisait l'aruspice ;
La trombe monstrueuse éclate, et, submergé,
Le géant disparaît et ne s'est pas vengé,
Quand s'élève une voix : « Ménagez-mieux la fête,
» Dit-elle, mes amis : nous n'avons qu'une tête :
» Songez quelle victime ! Et ne vaut-il pas mieux
» Que l'esclave courbé s'humilie à nos yeux ?
» Notre vengeance est là ; qu'on lui donne une lyre :
» Prêtons l'oreille aux chants que la douleur inspire,
» A cette voix que vont étouffer les sanglots,
» Aux pleurs du désespoir qui vont couler à flots. »

Et d'admiration la salle est transportée.
On se range, on se tait, la lyre est apportée.
Être grand, être fort, être supérieur,
Et refouler en soi l'orage intérieur !

Tout-à-coup un éclair traverse sa pensée :
L'Esprit est là. C'est lui, tremblez, troupe insensée :
« C'est l'heure, a dit l'Esprit, de la rébellion.
» A mon souffle puissant, crinière du lion,
» Ainsi que des flots noirs fais bondir tes sept tresses.
» Mugissez, éclatez, colères vengeresses ! »
— « Merci, Seigneur, » dit-il, en répondant tout bas
A l'Esprit qui l'anime : « Ils n'échapperont pas. »

Puis, sentant le retour de ses forces connues,
Et flattant de ses mains les tresses revenues,
Il souriait, sourire incompris d'Ascalon !
« — Quand commencera-t-il ? — Ce prélude est bien long.
» — Il médite. — Il a honte. — Il souffre. — Je m'ennuie. »
« — Les colonnes, enfant, pour que mon corps s'appuie !
» Là, je pourrai jouer, chanter plus aisément. »
Et ses deux mains palpaient, palpaient. Aveuglement !
Ils ne comprennent pas pourquoi ses mains crispées
Frémissent au contact des colonnes palpées.
Il a seul le secret de ses transports. « C'est bien,
». Je suis libre à présent ! Les voilà, je les tien ! »
Il chante. Un souvenir vient accabler son âme ;
Sa bouche a dit un nom, c'est le nom d'une femme.
« Trahi par ce qu'on aime ! » Au souvenir récent,
Deux larmes ont coulé, toutes rouges de sang.
« Pardon, mon Dieu, pardon de mes erreurs passées
» Les ai-je, réponds-moi, par mes maux effacées ? »
Et son front se courba, mais sous le repentir :
L'homme coupable offrait à Dieu l'homme martyr.

Immense rire ! on crut à des larmes de rage ;
Mais il laissa passer le torrent de l'outrage ;
Puis, l'Esprit l'agitant, la strophe s'irrita,
Et comme le clairon, terrible, elle éclata :

« Le lion de Jacob, ardente sentinelle,
Effrayait Ascalon de ses rugissements ;
Gaza baissait la tête au feu de sa prunelle ;
Etam (1), s'il bondissait, se couvrait d'ossements.
Un jour, son œil se ferme et le sommeil l'enchaîne.
Sommeil fatal ! Vers lui, ténébreux et rampant,
Afin de l'enlacer dans ses nœuds de serpent,
     Le cou gonflé, Dagon se traîne.

» Ils m'ont plongé vivant dans une sombre nuit ;
Mais la nuit de mon cœur est plus profonde encore ;
Dalila que j'aimais, Dalila me poursuit !
La colombe s'est faite hyène qui dévore !
Eh bien ! je suis heureux de ces voiles épais :
Elle est peut-être ici qui savoure mes larmes ;
Je ne la verrai pas ; puis, préparant mes armes,
     J'ai besoin de rêver en paix.

          (Avec ironie.)
» Les perfides ciseaux vendus à l'or qui brille
Espéraient énerver le lion généreux.

---

(1) Caverne où se réfugiait Samson pour échapper aux Philistins.

(Avec force.)

» Le lis languit et meurt, touché par la faucille ;
Le chêne qu'on émonde en est plus vigoureux.

(Avec un sourire terrible.)

L'automne est arrivé : que ma vendange est belle !
Bien ! la grappe s'entasse au pressoir élargi ;
Victoire ! car voilà que sous mon pied rougi
        Le sang de ma vigne ruisselle.

» Nous voulons aujourd'hui, s'écriaient mes bourreaux,
Rire de ses douleurs et de ses larmes vaines.
Imprudents ! vous versez le sang de vos taureaux,
Et vous laissez le mien bouillonner dans mes veines !

                (Avec une ironie singulière).

Vous avez une meule? Ah ! j'ai ma meule aussi.
Vous ne comprenez pas, pauvres d'intelligence ;

        (Avec fureur).

Vous êtes le froment promis à ma vengeance ;
        Ma meule tourne. La voici. »

Et, — ses deux bras autour de la double colonne, —
Il rugit. Dans la salle un rire tourbillonne,
Eclatant, éternel, lorsque l'on voit son cou
Se gonfler et ses nerfs tressaillir : « Il est fou ! »
Comme un vent orageux s'engouffrant dans un orme,
L'Esprit a secoué la chévelure énorme.
A flots coule sa vie en ce robuste corps.
Un affreux craquement à ces premiers efforts
Vient de répondre. O ciel ! la voûte est lézardée !

Dans les cerveaux épais a pénétré l'idée.
Au souffle martelé qui fait battre ses flancs,
A l'aspect de ses yeux encore ruisselants,
De ses muscles de fer, des tresses insensées
Hérissant sur son cou leurs vagues courroucées,
Tout le banquet se lève, et, muet de terreur,
Pantelant, du sépulcre offre la pâle horreur ;
Puis, l'effroi rejetant les têtes en arrière,
Comme un frêle roseau courbe la salle entière,
Entraînant à la fois, parmi d'horribles cris,
Tous les grands vases d'or, magnifiques débris :
Ainsi lorsqu'à grand bruit l'ouragan la traverse,
Sur les monts ébranlés la forêt se renverse.

Tous s'efforcent de fuir, tous se sentent liés ;
Les regards éperdus autour des deux piliers
Montent jusqu'à la voûte. Elle s'ouvre. Les pierres
En ruissellent à flots. Tous ferment les paupières.

O fracas ! ô ruine ! Et Samson rugissant
S'abîme avec Dagon dans un fleuve de sang. » —

Vous l'avez entendu, le chant de la victoire :
A vous, fils d'Israël, même sort, même gloire ;
Que les peuples soumis jalousent nos destins :
(La main vers le camp).
Samson respire en vous ; voilà les Philistins. » —

(Pendant que Simon et ses partisans sont ainsi rassemblés, Sadoc a mis le feu au Palais-Royal ; les flammes éclatent de tous les côtés à la fois, au moment où Simon achève de parler. On se précipite par toutes les issues ; mais Giscala et les siens les tiennent occupées. Un combat terrible s'engage et le sang coule.)

SIMON.

(Apercevant Sadoc dans la troupe de Giscala.)

Mon arme contre moi s'est tournée, et l'impie
Doit au Seigneur le prix de son crime.

(L'épée à la main, Simon cherche à échapper à l'égorgement général. Il reçoit une blessure grave.

J'expie.

(Quelques-uns de ses gens parviennent à l'entraîner et à le dérober aux fureurs de Giscala.)

DOUZIÈME PARTIE.

—

La Circonvallation.

> Pour que je ne puisse m'échapper, il a bât
> tout autour de moi.... Il a fermé toutes les
> issues par des pierres quadrangulaires.
>
> (JÉRÉMIE, *Lamentations*, ch. III, v. 7 et 9.

SOMMAIRE. — Les Romains, pour affamer la ville, ont pris enfin le parti de l'environner d'une ceinture de forts. Cons-
ternation de Jérusalem. Malade de sa blessure, étendu
sur son lit, Simon ne sait rien de ce qui se passe, et Sara,
qui le veille, lui cache la vérité. Visions de Simon.

I.

LE POÈTE.

Je voulais des hauteurs descendre dans la plaine,
Et las, me refuser à de nouveaux élans;
Ce téméraire vol a fait battre mes flancs,
Et pour un autre essor il faudrait plus d'haleine;

Ma force est inégale à mon superbe vœu :
Ce poème demande une âme infatigable ;
Mais je me sens pressé par un esprit de feu
Et contraint de bondir sous ce maître implacable :

Esclave, je ne puis échapper à sa loi ;
Je me cabre, il me dompte et rugit contre moi
Si je ne poursuis point une course éternelle ;
Je m'abats vainement et dévore mon frein,
Dans les hauteurs du ciel le démon souverain
   A grand bruit emporte mon aile.

   Mais quels sont tes desseins nouveaux ?
Qui nous expliquera ces mouvements étranges ?
Où précipites-tu tes chars et tes chevaux,
Rome, d'où viens-tu donc ? et que font tes phalanges ?
Eh quoi ! l'arc se détend ? et le glaive dompté,
Insensible à l'honneur, abandonne sa tâche,
   Fuit la main du soldat, se cache
Dans la gaîne profonde et pend à son côté ?

Quoi ! ces géants de bois aux vertèbres énormes,
Où les enlacements des chênes et des ormes
Cachent dans leurs flancs noirs la mort de la cité ;
Ces machines de guerre aux charpentes massives,
Qui sur un large essieu roulent en mugissant,
Et jusques aux créneaux élevant leurs solives,
Dominent Israël de leur front menaçant ;
Qui, planant sur la ville à leurs pieds étendue,
Observent jour et nuit la foule répandue

Dans les quartiers lointains et dans les carrefours,
Les funestes débats qui divisent les frères,
Les mouvements des chefs, sages ou téméraires,
      Les puissantes, les faibles tours,
Quoi! tout cela n'est plus? Que fait la catapulte?
Pourquoi tant de silence après tant de tumulte?

Mutilé dans sa tour, le terrible bélier,
      Tempête et foudre des batailles,
A-t-il brisé sa tête au granit des murailles?
      Verrons-nous Hercule plier
        Sous le poids de la guerre,
Et de l'aigle de Rome à la sanglante serre
      Les deux ailes se replier?

Un jour que pour mourir, victime expiatoire,
Dans Solyme le Christ rentrait, couvert de gloire,
Que la foule étendait, dans ses enivrements,
Sous ses pas, des rameaux, des fleurs, des vêtements,
A l'aspect de ces murs voués à la ruine,
Il sentit sur sa joue une larme divine:
« Si tu savais, dit-il, ce qui donne la paix!
» Si maintenant tes yeux, de nuages épais
» N'étaient pas obscurcis, ô ville infortunée!
» Mais non, tu ne vois pas que l'on t'a condamnée.
» Les temps ne sont pas loin, tes ennemis viendront;
» D'UNE ENCEINTE DE FORTS ILS T'ENVIRONNERONT;
» Couvrant de tes débris la sanglante poussière,
» Ils ne laisseront point de toi pierre sur pierre. »

Les temps sont arrivés , et le projet vengeur
A tout-à-coup jailli de l'âme du vainqueur ;
Le roc indestructible et le ciment tenace
Vont du dernier prophète accomplir la menace.

Juda s'est arrêté dans son étonnement ,
Tout suant du combat , l'œil en feu , hors d'haleine ,
Dévorant du regard cette campagne pleine
      De tant de mouvement.
Il commence à juger Solyme périssable ;
Dans sa stupeur muette il sent peser sur soi
Quelque chose de grand , d'affreux , de redoutable ,
      Tremble , et ne sait pourquoi.

Comme l'homme qu'attend la peine capitale
Ecoute , en son cachot , sonner l'heure fatale
      Et pourtant ne voit pas
Les apprêts de la mort : ni le feu , ni la hache ,
Excepté le bourreau , qui , pour faire sa tâche ,
      Met à nu ses deux bras.

Et tout autour de lui sa prunelle inquiète
Cherche le fil du glaive auquel il doit sa tête
      Et tressaille en voyant ,
Sombres comme la loi , d'une mort inconnue.
Ses farouches geôliers dérober à sa vue
      Le mystère effrayant.

Mais avec des moëllons que soudain l'on apporte ,
On mure la fenêtre et l'on mure la porte

Alors il a compris.
Ses reins ont ébranlé le noir poteau de chêne,
Et pour fuir, il déchire aux anneaux de sa chaîne
    Ses mains, ses pieds meurtris.

Juda comprend enfin : de toute sa poitrine
Il pousse des clameurs vers la voûte divine,
Laisse tomber l'épée et ses genoux fléchir,
Quand il voit cette ligne indécise blanchir,
Ce cercle de granit qui, nuit et jour, sans trève,
Vaste tour de la Faim (1), autour de lui s'élève.

II.

(La scène se passe dans la tour d'Hippicos.)

SARA.

(Au pied du lit de Simon.)

La nue est le séjour des éclairs ; la montagne,
Plus souvent que le lis caché dans la campagne,
De la foudre est frappée, et, blessé dans les cieux,
L'aigle paie en tombant son vol audacieux.

---

(1) Dans les temps primitifs, les peuples orientaux élevaient
ainsi des *tours de la faim* où ils enfouissaient leurs condamnés. Tout le monde connaît le bel épisode que M. de Lamar-
tine a su tirer de cet usage, dans sa *Chute d'un Ange.*

Ambition cruelle! ô cent fois plus heureuse
Si j'avais avec lui, dans la vallée ombreuse,
Sur la rive d'un fleuve ou bien dans le désert,
Cet océan de sable où le regard se perd,
Planté ma tente; et là, dirigeant l'arc habile
Pour arrêter la biche en sa fuite inutile,
Loin de la guerre, loin des malheurs de Sion,
De nos chasses vécu, sans autre passion!
Ces regrets viennent tard, voici le jour suprême!
Nous le portons enfin, le royal diadème,
Diadème de maux, de sang, de désespoir,
Diadème de honte, et nos yeux peuvent voir
Les palmes, les honneurs, les fêtes et les joies
Nous attendre et crier notre nom sur les voies.

Et lui! si nous pouvions encore en combattant
Mourir pour la cité d'un trépas éclatant,
Et, faisant payer cher aux vainqueurs leurs conquêtes,
Voir le temple, écroulé sur eux, broyer leurs têtes!
Mais il est dévoré par la fièvre, cloué
Sur ce lit de douleurs, et peut-être voué
Aux lenteurs d'une mort sans triomphe, vulgaire,
Privé de la vengeance, ivresse de la guerre.

(Elle cache sa figure dans ses mains et pleure.)

Qu'il a voulu de fois, secouant ses liens,
Courir contre le camp à la tête des siens!
Sa blessure l'enchaîne : et s'il savait, — pourrai-je
Le lui cacher longtemps? — les horreurs de ce siége,

Ce que, depuis trois jours, l'affreux retranchement
Fait, pour Jérusalem, prévoir d'épuisement?
Deux monstres nous sont nés : la famine et la peste;
De cette ambition voilà ce qui nous reste.

(Simon se lève sur son séant, et semble avec sa
main repousser les rêves qui l'obsèdent.)

Dieu! que se passe-t-il en lui? Pâle, hagard,
Des fantômes sanglants assiégent son regard.
Il se dresse terrible, il parle; sa poitrine
Halète sous le poids d'une fureur divine;
Je vois les visions sur son front se presser
Et son œil s'agrandir : que va-t-il annoncer?

SIMON.

I

Malheur! malheur à toi! Juda, dit le Seigneur (1) :
Je te livre aux filets du plus adroit chasseur
Qui vient, à mon appel, pour t'accabler de chaînes;

Faisant peser sur toi la pierre de ses tours,
Malgré tes cris, malgré tes résistances vaines,
Il va t'ensevelir au fond des cachots sourds,

---

(1) J'ai voulu employer ici le rhythme dantesque, comme
plus approprié aux idées sombres ; mais j'ai cru devoir le mo-
difier pour moins enchaîner le vers.

Après t'avoir traîné — pour étaler sa proie,
Dans sa ville, aux regards de vingt peuples divers, —
A son char triomphant lié par la courroie.

Malheur! malheur à toi! Juda, peuple pervers;
Sur toi veillait ton Dieu comme sur une vigne
Plantée en lieu fertile et sous un ciel bénigne;

Ton bois montait solide et s'étendait au loin
Comme un sceptre royal et se gonflait de sève;
Ta feuille s'empourprait touffue, et par mon soin

Tes rameaux se croisaient, fructifiant sans trève,
Et se multipliaient entrelaçant leurs bras :
Ils étaient si nombreux qu'on ne les comptait pas.

Mais je t'arracherai dans ma fureur divine;
Du pampre vigoureux j'arrêterai l'élan;
J'épuiserai la vie au fond de ta racine;

Ma bouche flétrira, par son souffle brûlant,
La grappe savoureuse aux grains d'or qui s'étale,
Et je la coucherai sur la terre natale.

Malheur! malheur à toi! car je viens de forger
Un glaive intelligent qui sort de la fournaise,
Insensé, furibond, avide d'égorger;

Regarde, le voilà, plus rouge que la braise,
Noyant dans ses éclairs le marteau qui le bat
Et le fait menaçant pour les jours du combat.

Je veux que son acier jette au loin l'épouvante ;
Je le fais avec soin effiler et tremper,
Effiler et polir par une main savante ;

Car je veux que ce glaive, avant que de frapper,
Soit lentement battu, rebattu sur l'enclume,
Pour, pareil à la foudre alors que l'air s'allume,

Qu'il s'élance terrible et sur les bataillons,
Comme un astre fatal traînant sa chevelure,
Au-dessus des drapeaux qu'il roule en tourbillons :

A l'aspect de ce fer, vengeur de mon injure,
La sueur de l'effroi, glaçant chaque guerrier,
Trempera sa tunique avec son baudrier.

Malheur ! malheur à toi ! nous allons voir la flamme
Ronger Jérusalem dans le creuset profond,
Où, jadis grande et sainte et maintenant infâme,

Elle va devenir comme un métal qui fond,
Car son peuple pour moi n'est qu'un amas sordide
D'étain, de plomb, de fer et de cuivre livide ;

Alentour ma fureur roulant ses tourbillons,
Fera liquéfier ces matières impures,
Dont je verrai blanchir, écumer les bouillons ;

Et je saurai, le feu dévorant les souillures,
Je connaîtrai bientôt quel est le pur métal
Qui doit se dégager de cet amas fatal.

11*

Ecoute, Ooliba, voici l'heure qui sonne
Où va succéder, las de tes iniquités,
Le juge qui punit au juge qui pardonne.

Je n'ai pu mettre un frein à tes sens indomptés ;
Les plaisirs impudents, pour flétrir ta jeunesse,
Te versaient chaque jour leur vin jusqu'à l'ivresse :

Prodiguant le sourire à tes honteux amants,
Tu fis de ton palais une retraite immonde
Où tu t'abandonnas à leurs embrassements.

Moins infâme que toi la vierge furibonde,
Qui, le thyrse à la main s'élançant dáns les bois,
Franchissant le ravin et le torrent qui gronde,

Fait retentir les airs des éclats de sa voix,
Et des tièdes zéphyrs aspirant les haleines,
Exhale en bondissant tout le feu de ses veines.

Mais je vais me venger et j'arme ma fureur;
Elle part pour punir tes passions brutales;
Elle va contre toi, te glaçant de terreur,

Appeler et pousser des mers occidentales
Un peuple tout puissant qui sur toi passera,
Comme une faux, avec ses légions fatales;

En vain tu voudras fuir, Rome t'entourera
De ses anneaux d'acier comme un reptile immense,
Et, resserrant ses plis, elle t'étouffera.

En vain tu voudras fuir, et, prise de démence,
Vers le ciel inflexible élever tes clameurs
Et tes bras suppliants, et moi je dirai : Meurs.

Malheur ! malheur à toi ! m'asseyant à ta table,
Convive inattendu, du vin de mes fureurs
Je remplirai pour toi ma coupe redoutable :

Dans ton subit effroi jetant des hurlements,
Tu voudras repousser la coupe vengeresse,
Mais je te plongerai dans ses flots écumants ;

Je te verrai tomber sous le poids qui t'oppresse ;
Tes dents broiront la coupe au milieu de l'ivresse,
Et mes mains t'en feront dévorer les fragments.

(Il s'arrête frappé d'une autre vision.)

II.

Sait-on le lieu par elle autrefois occupé ?
Je cherche et ne vois plus cette ville superbe :
Ces palais éclatants dont l'œil était frappé
Ont enfoui leurs fronts sous les touffes de l'herbe.
On voit se détacher çà et là seulement,
Aux ondulations des végétaux sauvages,
Et blanchir un lambeau de quelque monument
Que n'ont pu consumer les flammes ni les âges.

III.

(Avec transport.)

Que vois-je? Tribus fugitives,
Redressez vos têtes captives :
Voici du temple saint les marbres renaissants
Que relèvent des mains actives (1).
Sous ses dômes éblouissants
Nous allons faire encor éclater nos accents.
Rattachez à vos luths la corde détendue ;
Offerte sur l'autel, la prière assidue
Va remonter aux cieux avec des flots d'encens.

IV.

(Avec abattement.)

Trompeur espoir! destins railleurs!
Une flamme a jailli de la terre fatale ;
Elle a surpris les travailleurs,
Qu'elle vient d'étouffer dans sa rouge spirale.
Pour asseoir le rocher qu'ont taillé les ciseaux,
Je vois les bras tendus, les mains entremêlées
Se rapprocher encor des lignes nivelées ;

---

(1) Julien l'apostat voulut relever le temple de Jérusalem ;
mais des flammes jaillirent tout-à-coup et empêchèrent les
travaux.

Un moment suspendus retombent les marteaux,
Et la sueur de l'homme inonde les travaux ;
  Mais contre la pierre imprudente,
  Du fond de ces enfers nouveaux
  A rejailli la flamme ardente.

V.

Douze hommes ont détruit l'unité judaïque ;
Des pêcheurs attaquant nos institutions,
  Sur les débris du culte antique,
  Que sapèrent nos passions,
Ont d'un culte rival proclamé la victoire,
  Et la CROIX, rayonnant de gloire,
Courbe à ses pieds les rois, pères des nations.

(Une émeute, qu'a soulevée Sadoc, se fait entendre aux
  portes de la tour. Réveillé par ce tumulte, Simon se
  lève de sa couche, et se traîne, malgré Sara, jusqu'à
  une fenêtre, d'où apercevant la circonvallation, il pousse
  un cri et retombe inanimé dans les bras de sa femme.)

TREIZIÈME PARTIE.

La Tour Antonia.

Il a été pris, celui duquel nous disions : Nous
vivrons sous son ombre parmi les peuples.

(JÉRÉMIE, *Lamentations*, ch. IV, v. 20.)

SOMMAIRE. — Aidés par la trahison, les Romains surpren-
nent pendant la nuit la tour Antonia, la plus importante de
Jérusalem. Une petite troupe envoyée pour s'en rendre maîtresse, égorge les sentinelles et pénètre dans la place, dont
elle ouvre les portes à l'armée. Simon, guéri de sa blessure,
accourt du temple avec les siens, et défend la tour ; mais
voyant sa résistance inutile, il rentre dans le temple, et abandonne l'Antonia aux Romains.

I.

LE POÈTE.

La tente, dont la toile au moindre vent frissonne,
Est fragile ; et pourtant, lorsque Dieu l'abandonne,
Moins solide est la tour ceinte de boucliers,
Qui se rit de la flèche et du front des béliers.

Les chars et les chevaux autour de cette masse,
Comme le javelot autour d'une cuirasse
Dont il cherche le faible, afin de se glisser
Au cœur de l'ennemi qu'il voudrait terrasser,
Les chars et les chevaux dont la fureur s'allume,
Inondés de sueur, blancs de poudre et d'écume,
S'agitent en tout sens pour voir si ces sommets
N'offrent pas une issue ; et c'est en vain. Jamais
Le brandon sulfureux, l'arc sonore, la mine,
N'ont pu de cette tour consommer la ruine.
Elle est encor debout et voit des dards rouillés,
Des crânes grimaçants, de vieux drapeaux souillés,
Qui planaient autrefois sur toute la bataille,
Suivis par des héros, grands de cœur et de taille,
Des casques, des harnais et des fragments de chars
Rouler, débris sans nom, au pied de ses remparts.
Qui domptera la tour ? — Rien, sinon les années ;
Le temps seul rongera ses pierres obstinées.
Sa peau s'écaillera, laissant comme des os
Voir ses moellons jaunis qu'auront minés les eaux.
Plus fortes que le fer, mille plantes vivaces,
Enfonçant la racine à travers les crevasses,
De leurs fibres viendront soulever les granits ;
Des serpents venimeux s'y creuseront des nids ;
Des végétations, des animaux difformes,
De leurs pieds, de leurs dents vaincront ces blocs énormes
Et s'assujettiront les créneaux arrogants ;
Puis, le souffle orageux des sombres ouragans
Enlevant à grand bruit les masses descellées,

Les sèmeront au loin dans le creux des vallées.
—Vous vous trompez ; il est un plus heureux vainqueur,
Pénétrant dans la place et jusques à son cœur,
Plus fort que les béliers, plus fort que les années,
Et redoutable aux tours par le ciel condamnées :
C'est le traître qui rompt les habiles desseins,
Qu'ignorantes, les tours nourrissent dans leurs seins.

II.

(Il est nuit ; une troupe envoyée du camp vient
par surprise s'emparer de la forteresse.)

CHOEUR DES ROMAINS.

I.

(A demi-voix.)

Dans la poitrine pleine
Retenez votre haleine ;
Comme un conspirateur,
Posez avec prudence,
Posez avec lenteur,
Au milieu du silence
De la discrète nuit ,
Posez sans bruit

Derrière le pas qui s'avance
Le pas qui suit.
Gardez que la lance
Ne fasse crier
Votre bouclier;
Cherchez l'ombre
La plus sombre;
Craignez qu'une lueur
Echappée
De l'épée
Ou du casque trompeur,
Ne renvoie .
Sur la voie
Quelque reflet sauveur.

II.

(Avec plus de précaution.)
Voici les sentinelles,
Dont un sommeil complice a voilé les prunelles;
Pour les frapper au cœur, inclinez-vous sur elles;
Songez que vers ces lieux
Notre armée
Enflammée
Tourne les yeux,
Louve affamée;
Et que, du fond
De sa tente,
Son attente

Voudrait d'un bond
Franchir ce mont.

(Ils égorgent les gardes.)

III.

D'une mort insensible,
A nos pieds étendu,
Chacun d'eux a rendu
Une âme si paisible
Qu'on n'a rien entendu.
Dans le sommeil plongée
Par le glaive imprévu,
La troupe est égorgée,
Et Jacob n'a rien vu.

IV.

La voie est libre enfin ; les sentinelles mortes
Se garderont d'ouvrir un œil devenu lourd.
Mais n'entendez-vous point le rugissement sourd
Qu'en vain répriment les cohortes
Qui brûlent de briser ces portes
Avant les premiers feux du jour ?

V.

Prenez la trompette,
Hérauts confiants ;

Faites rouler au loin vos sons terrifiants
Que l'écho répète ;
Prenez la trompette.
Nous allons être environnés
De nos ennemis étonnés,
Prenez la trompette ;
Hâtez-vous d'appeler aux combats acharnés
Nos soldats effrénés ;
Sonnez.

(Les clairons sonnent et le camp ennemi s'avance vers
la tour.)

III.

LE POÈTE.

Lorsque les abeilles, lassées
Des travaux pénibles du jour,
L'une contre l'autre pressées
Dans la ruche au large contour,
Oubliant les frêles corolles,
Se rangent dans leurs alvéoles,
Auprès de leur riche butin,
Le silence règne, et les mouches,
Au fond des odorantes couches,
Rêvent de rosée et de thym.

Soudain, d'une étable entr'ouverte,
Rompant ses liens, dans la nuit,

A travers la campagne verte
Un taureau sauvage s'enfuit,
Sous un ciel que l'éclair sillonne,
Piqué par un taon qui bourdonne
Autour de ses flancs convulsifs,
Et vient, dans sa course insensée,
Heurter la ruche renversée,
Qui roule sous ses pieds massifs.

Irrité contre cette borne
Qu'il rencontre ainsi sous ses pas,
Le monstre attaque de sa corne
Un ennemi qu'il ne voit pas.
L'ennemi, secouant ses ailes,
Jaillit comme des étincelles
Du fond de l'empire dormant :
Tous les javelots de la troupe
Aiguillonnent les flancs, la croupe,
Le dos du colosse écumant.

Ainsi Jacob dormait encore ;
Il était enfoui dans un sommeil épais,
Dont le clairon trouble la paix
Avant les roses de l'aurore.
Toute la tour se lève et se dresse d'un bond.
Tout s'ébranle. On entend dans les mains occupées
Un long frémissement de casques et d'épées ;
Une vaste clameur fait retentir le mont.

IV.

CHOEUR DES ROMAINS.

Si nous prenons la tour, si dans le sang noyées
Ces bandes tombent sous nos mains,
Aujourd'hui dans la ville, enseignes déployées,
Entrent les bataillons romains.

Frappons, car le sommeil, père des ombres vaines,
Dissipe à peine sa vapeur,
Et le trouble imprévu qui leur glace les veines
Les enchaîne dans la torpeur.

CHOEUR DES ISRAÉLITES.
(Au haut de la citadelle.)

Qu'est cela? qu'est cela? — Mon casque! mon épée!
— Pourquoi cet appel des clairons?
Cette tour par la flamme est-elle enveloppée?
Va-t-elle crouler sur nos fronts?

Dites, qu'arrive-t-il? donnez-moi ma cuirasse;
Hier, ma hache pendait là.
— C'en est fait, mes amis, de notre antique race:
Voilà les romains! — Les voilà!

Que font donc sur le seuil nos sentinelles? — Mortes.
— Est-il des traîtres parmi nous?

—Allons, un cœur plus mâle avec des mains plus fortes !
      Voici l'ennemi ! hâtez-vous.

— Le traître, nommez-nous le traître et ses complices.
      Oh ! n'en doutez point, il en est ;
Il nous faudra pour eux inventer des supplices.
      Voyez, cherchez, qui les connaît ?

— Mais n'entendez-vous point les portes fracassées,
      Les menaces des assaillants ?
Mais n'entendez-vous point les armures froissées,
      Les cris de nos hommes vaillants ?

    (D'en bas).
— Vous qui jamais, cachés au haut des citadelles.
      A nos périls ne prenez part,
    (En haut).
Venez-vous ? — A leurs mains mêlons nos mains fidèles,
      Et craignons qu'il ne soit trop tard.

    LES DEUX CHŒURS MÊLÉS.

— Courage ! ils sont à nous. — A ces fières cohortes
      Puisque le chemin est ouvert,
Raidissons tous nos bras pour refermer ces portes ;
      Attachons les crampons de fer.

— Vaincu, le chêne vole en éclats sous la hache,
      La porte cède, il n'est plus temps.
Ils ont déjà, voyez, en frappant sans relâche,
      Broyé les gonds et les battants.

— Rendez-vous, c'en est fait, votre Solyme croule ;
 Il faut plier devant le sort :
Vous résistez en vain, voici le camp qui roule
 Toutes ses troupes vers le fort.

— Frères, ne faisons plus de défense inutile.
 — Lâches, valez-vous donc si peu ?
Mais appelez du temple, appelez de la ville,
 Appelez nos hommes de feu.

Mourons là, s'il le faut : qui nous parle de rendre
 Cette tour ? — Ils nous briseront.
— On vous l'a confiée et vous la laissez prendre ?
 Vous voulez cette tâche au front ?

— Nous sommes débordés. Au temple! — Fuyez, lâches
 A ceux de la sainte maison
Dites que nous mourons, fidèles à nos tâches,
 Victimes de la trahison.

V.

LE POÈTE.

Frères, réveillez-vous ; parlez haut, sentinelles.
Rome envahit la tour, et la tour vous appelle.
Criez à haute voix que le sang coule à flots
Et qu'on attend l'appui de tous vos javelots.

Vous tenez dans vos mains le salut de Solyme ;
Songez-y, la voilà sur le bord de l'abîme ;
Levez-vous et courez, ne perdez point de temps ;
Il vous faut, cette nuit, des actes éclatants.

Un chêne, quelquefois, sous son dôme plein d'ombre,
Le soir, offre un asile à des oiseaux sans nombre.
Par l'orage imprévu, tout-à-coup ébranlé,
L'arbre avec ses rameaux dans sa base a tremblé :
Un long frémissement d'ailes bat le feuillage,
Les oiseaux dans le ciel montent comme un nuage.
Vers le fort envahi plus prompts et plus nombreux,
Du temple déserté s'élancent les Hébreux.

Simon voit le danger, Simon se multiplie,
Court, vole, va, revient, et tout marche, tout plie,
Tous le suivent : — « Le temple est perdu, si nos mains
» Ne ferment à leurs camps ces abruptes chemins.
» Ne nous épargnons pas, mes amis ; nos épées
» Jamais de plus de sang ne se seront trempées ;
» Jamais plus de sueur n'aura baigné nos corps,
» Jamais vous n'aurez vu plus de monceaux de morts. »

Ils s'engouffrent déjà dans les noires ténèbres,
Pleines de hurlements et de clameurs funèbres,
Et parmi le fracas des armes : les enfers
Font un bruit moins affreux lorsqu'ils froissent leurs fers.
On voit, à quelque jour douteux, on voit par places
Vaguement remuer, dans cet antre, les masses,

12

Et comme un bronze obscur, l'acier dans cette nuit
Jeter le pâle éclair d'une lueur qui fuit.

Tout se mêle : les voix, les casques, les épées,
Indicible chaos où les fureurs trompées
Par la confusion, l'ombre opaque, les cris,
Font des frères entr'eux saigner les flancs meurtris.
Une torche parfois, ainsi qu'un météore,
Passe sur tous ces fronts que sa flamme colore,
Et roule On entrevoit l'horrible vision,
Puis, un voile plus noir tombe sur l'action.

La lune cependant, au fond des cieux noyée,
Lutte et laisse percer une face rayée,
Et bientôt, tout entière émergeant dans l'azur,
Fait fondre le nuage et lève son front pur.
Elle inonde la tour : les haches suspendues,
Qu'on abaisse à deux mains sur les têtes fendues,
Les panaches mêlés ét les casques froissant
Les casques, tout se montre et ruisselle de sang.

Assiégeants, assiégés deviennent plus compactes,
Tant l'ardeur, des deux parts, pousse à de nobles actes;
Des deux parts, c'est un mur vivant et surmonté
De l'airain flamboyant des glaives. En été,
Lorsque dans les moissons roulent les blés opimes,
Dont un vent embrasé courbe et couche les cimes,
Ils sont moins hérissés que ne le sont entr'eux
Les javelots romains et les glaives hébreux.

Le dard siffle, la pique entr'ouvre les cuirasses;
Les boucliers, — le fer glissant sur leurs surfaces, —
Grincent. Par une ligne oblique relancé,
Le fer plonge en fureur dans un front traversé.
L'un voit tomber son bras, l'autre perd ses entrailles;
Ceux-là sont écrasés ou cloués aux murailles;
Un brave qui bondit, arrêté dans son vol,
Croule avec son armure et fait trembler le sol.

Et Simon, entouré de ses hommes d'élite,
Oppose aux flots romains sa digue israélite;
Ebranlée, il la rend plus forte, il l'épaissit:
Mais de l'autre côté la mer monte et grossit.
Il porte à ce travail sa main désespérée,
Car la tour est l'appui de la maison sacrée;
Mais la vague déborde, elle entraîne Simon,
Qui devant elle fuit jusqu'au sommet du mont.

Le temple en a frémi; le sanctuaire pleure;
Prédite par le Christ, bientôt va sonner l'heure
Où, remplaçant l'hostie offerte à l'Immortel,
Israël de son sang abreuvera l'autel.
— Oh! lève-toi, Seigneur, prends en main ta framée,
Et fais passer ton char sur l'odieuse armée.
— Non, du sang de la croix vous me paîrez le prix
Par le glaive, le feu, l'exil et le mépris.

QUATORZIÈME PARTIE.

—

Sara.

> Le méchant frémira de colère ; il grincera
> des dents et séchera de rage ; mais son désir
> périra.
>
> (*Psaume* cxi, v. 10.)

Sommaire. — Sadoc, tout entier à son ressentiment, accuse
Sara d'avoir livré la tour Antonia aux Romains, et excitant
contre elle une émeute, l'attire dans une embuscade. — Sara
est entourée et les pierres arment les mains homicides de la
foule. — Défense de Sara. — Éloquence de Sadoc. Celui-ci
va l'emporter, lorsque Simon paraît. — Fuite de Sadoc. —
Éloquence de Simon. — L'émeute, honteuse, s'éloigne en
murmurant.

(La scène se passe dans un carrefour de la
ville.)

SADOC.

(Regardant, plein d'agitation, du côté de la
tour d'Hippicos.)

Viendra-t-elle? Toujours attendre ! quel supplice !
Son esprit pourrait bien déjouer l'artifice :

12*

Elle est femme. Mais non, son cœur l'emportera :
On lui dit son époux mourant, elle viendra ;
Et sans réflexion, haletante, glacée,
Nous la verrons bientôt d'une marche pressée
Vers ces lieux accourir, ne se rappelant pas
Que ma vengeance veille, et que j'arme des bras ;
Car j'ai feint que, blessé, près de rendre son âme,
Pour la dernière fois il voulait voir sa femme.
Elle viendra. D'ailleurs, le candide Uriel,
Près d'elle a dû jouer son rôle au naturel :
Il est dupe à son tour. — Et pourtant, rien encore !
Ma vengeance rugit et mon cœur se dévore ;
Car il faut te punir, femme, de tes hauteurs,
Car il faut.... mais le temps a d'étranges lenteurs ;
Quand mon vœu le retient, le voilà qui s'élance ;
Et quand mon vœu le presse, il est boiteux...

(Sara paraît.)

Silence !

Ne laissons qu'à propos éclater ce dessein :

(Cherchant à se contenir et se cachant.)

Mon cœur est comme un tigre, il bondit dans mon sein.

(Il fait un signal : les hommes qu'il a cachés se montrent et enveloppent Sara, au moment où elle débou-
che dans le carrefour.)

SADOC.

(Se montrant à son tour.)

Voilà, voilà le traître.

L'ÉMEUTE.

Une femme !

SADOC.

La femme
Du chef déshonoré, qui n'est plus qu'un infâme.
Ils s'entendaient. Comment est-il tombé celui
Dans lequel, confiants, vous mettiez votre appui ?
L'homme dont le bras sûr dirigeait vos batailles,
Qui toujours se montra debout sur les murailles,
Comment est-il tombé ? J'aurais cru dans les cieux
Voir plutôt le soleil rouler de ses essieux,
La mer de Phénicie, enflant ses eaux sauvages,
Envahir le désert et couvrir nos rivages,
Que de voir un tel chef trahir sa nation :
Ils se sont partagé l'idée et l'action ;
Les faits parlent contre eux : dans leur funeste ligue,
Tous deux avec le camp, par une habile intrigue,
Se sont mis en rapport ; et Rome, dans la nuit,
Au cœur de notre place a pénétré sans bruit.
Frappons celle qui vend Jérusalem à Rome.

UNE PARTIE DE L'ÉMEUTE.

Vous oseriez frapper la femme d'un tel homme ?

L'AUTRE PARTIE DE L'ÉMEUTE.

Elle plutôt qu'un autre ; et que n'est-il ici
Lui-même ! Sans trembler, nous frapperions aussi.

Qu'elle soit écrasée ainsi que la vipère
Se gorgeant de poison dans son étroit repaire,
Comme un grain sous la meule, et que, mise en lambeaux,
Elle soit dispersée et jetée aux corbeaux.

SARA.

(Avec fermeté et résignation.)

Tout mon sang est à vous, et je vous l'abandonne :
Frappez, je ne crains rien, et mon cœur vous pardonne.
Vous êtes innocents du sang que vous versez,
Je vous sais innocents, moi pure, c'est assez.
Cependant j'ai regret d'une mort inutile ;
J'eusse aimé mieux mourir en défendant la ville,
En me rendant célèbre et lui laissant mon nom ;
Que j'aurais mieux voulu finir ainsi ! Mais non ;
Je meurs honteusement pour assouvir la haine...
Il m'avait bien prédit sa vengeance prochaine ;
Il a tenu parole. Hélas ! si l'on savait !

(L'émeute paraît interdite.)

SADOC.

— Hésiteriez-vous donc après ce qu'elle a fait ?
Sa beauté, je le vois, trop habile à séduire,
Sur vos cœurs indulgents exerce son empire :
Vous puisez dans ses yeux un dangereux poison,
Qui, même à votre insu, vous trouble la raison.
Convaincus, vos esprits trouvent vos cœurs rebelles ;
Vous voulez pardonner aux femmes qui sont belles :

Cette femme! elle vend la patrie aux Romains;
Dans le sang fraternel elle trempe ses mains;
Par elle la cité s'écroule dans les flammes;
Egorgés, les enfants, les vieillards rendent l'âme.
Sur la place publique, au seuil du temple saint;
La mère, au désespoir, se déchire le sein,
Car de son nouveau-né brisé contre les pierres,
Le même jour ouvrit et ferma les paupières;
Rome, par elle, enfin, voit Jacob prosterné;
Mais cette femme est belle, et tout est pardonné.

SARA.

(A genoux.)

Vers toi, de cet abîme, ô Dieu! mon cri s'élance;
Eux, ne les punis point de cette violence;
Ils ne sont que les bras de l'affreuse action.
Je meurs; pût cette mort sauver la nation!
Je meurs, reçois mon âme, et s'il est quelque trace
En moi d'iniquités, que ta bonté l'efface!

SADOC.

(A part, la rage au cœur.)

Elle fera tomber des bras qu'elle suspend

(Haut.)

Ma vengeance honteuse! — Ah! l'antique serpent,
Quand la femme, de Dieu voulut être l'égale,
Lui souffla son esprit sous la branche fatale.
Fit rouler dans son œil les perles de ses pleurs,
Dans le son de sa voix mit l'accent des douleurs,

Un charme irrésistible en sa molle attitude,
Sur ses lèvres le miel ; lui dit par quelle étude
On dupe un cœur crédule, et comment, dans ses yeux,
On déguise l'enfer en reflétant les cieux.

 Eh bien donc, je n'ai plus qu'à voir contre ma tête,
De vos pierres siffler et voler la tempête ;
C'est plutôt moi, c'est moi, le démon, l'imposteur,
D'un crime imaginaire odieux inventeur,
Moi l'infâme, de qui la hideuse figure,
A la beauté doit être une cruelle injure,
C'est moi, — peut-être bien l'auteur de l'action, —
Moi qui dois expier l'abomination.
Allons, qu'attendez-vous ? Ainsi que la vipère,
Se gorgeant de poison dans son étroit repaire,
Qu'on m'écrase à sa place, et que, mis en lambeaux,
Mes membres dispersés soient jetés aux corbeaux.

 Mais si jusqu'à ce point son regard vous fascine,
Si quelque force étrange en elle vous domine,
Frappez cette coupable en détournant vos yeux ;
En ne la voyant plus, vous la jugerez mieux ;
Faites évanouir toute cette magie,
Et vos justes fureurs retrouvant l'énergie,
Vous pourrez venger Dieu, les tours de la cité,
Nos femmes, nos enfants et notre liberté.

L'ÉMEUTE.

— Il faut frapper. — Frappons.

(Les bras se lèvent.)

SADOC.

(A part.)

Je ressaisis ma proie.

.(Simon paraît..— Toujours à part.)

Lui ! tout s'est écroulé ! l'enfer reprend ma jóie.

(Simon, qui, depuis l'incendie du Palais-Royal, avait choisi
pour lieu de délibération une autre tour où il se rendait
avec ses amis par des voies secrètes, afin d'échapper aux
espions de Giscala, ayant aperçu de ses hauteurs un ras-
semblement inaccoutumé dans le carrefour de la ville où
l'embuscade avait été dressée contre Sara, rassemble-
ment grossi par la foule incessamment accrue, était descendu précipitamment, et montant à cheval, suivi de quelques-uns des siens, arrivait sur les lieux au moment où
les pierres allaient pleuvoir sur la tête de la pauvre femme. Simon descend de cheval, et fend la foule. Sadoc a
vu Simon et prend la fuite.)

SIMON.

Que vois-je? ma Sara! Quel mystère profond!
Une émeute ! et la mort qui menace son front !
    (Bas.)   (Haut.)
Mon destin la poursuit. — Place, faites-moi place.
   (Il saisit sa femme et lui fait un bouclier de son corps.
   — A l'émeute.)
Qu'est-il donc arrivé? Parlerez-vous, de grâce?

SARA.

Fuis, ils veulent ta mort et la mienne.

SIMON.

Pourquoi?

L'ÉMEUTE.

La tour, qui l'a livrée?

SIMON.

(Étonné et indigné de la calomnie.)

Elle ! Ils t'accusent, toi !

(Bas.)

Au fond de mes malheurs avec moi descendue,
Ce sont mes passions, Sara, qui t'ont perdue !

L'ÉMEUTE.

(A demi-voix.)

— Je ne puis soutenir son regard menaçant.
— Il ne faut point lutter contre un homme puissant.

SIMON.

Dans ce cloaque impur qui l'a donc entraînée?
Et tel est le sénat qui nous l'a condamnée?
Comment ! la calomnie a pu de ces bas-fonds,
Souffle pestiféré, monter jusqu'à nos fronts !
Quoi! vous avez osé la juger par vous-même !
Quoi! lorsque nous touchons à notre heure suprême,
Au lieu de vous armer, appui de nos vaillants,
De marcher avec nous contre les assaillants,

Vous préférez, levain des discordes civiles,
Vous occuper dans l'ombre à quelques œuvres viles !
Dociles instruments de crimes odieux,
Oserez-vous du moins agir, là, sous mes yeux ? —
Lâches, bons seulement pour attaquer des femmes,
Et devant l'ennemi sentant mollir vos âmes ;
Car ce n'est jamais vous que l'on voit au danger,
Cœurs de cerf pour combattre et loups pour égorger !
Mais la vengeance est là ; valetaille entraînée
Par Rome, et dans l'arène, aux bêtes condamnée,
Parmi les battements de mains, parmi les cris,
Vous irez étaler vos flancs, vos os meurtris,
Des tigres et des ours inévitable proie,
Sous l'ongle qui déchire et sous la dent qui broie.
Voilà, soyez-en sûrs, le sort qui vous attend,
Vous qui, pour échapper au trépas éclatant,
Laissant le casque vide, et trompant la cuirasse,
Parmi nos défenseurs refusez votre place.
Mais celui qui vous pousse aux basses actions,
Où donc est-il avec ses accusations,
Ce Sadoc, ver rampant rentré dans sa poussière,
Ce hibou des tombeaux que blesse la lumière,
Ce discoureur habile en verbes captieux ?
Il a fui, redoutant la foudre de mes yeux.
  Sans doute vous comptez, quand la mort vous menace,
Sur les inventions de sa subtile audace,
Pour dérober vos peurs aux javelots tendus,
Pour n'être point parqués sur la place et vendus :
Erreur ! Ah ! croyez-moi, si votre âme recèle

Des nobles sentiments encor quelque étincelle,
Si vous craignez le sort qui vous est préparé,
Accourez avec nous vers le temple sacré ;
Disputez aux vainqueurs nos dernières murailles,
Et s'il le faut, enfin, laissez-y vos entrailles.

(Les émeutiers baissent la tête et reculent.

Mais je vous parle en vain ; je vois à vos fronts bas
Qu'il vaut mieux lapider.

(Lançant des regards terribles.)
Vous ne l'oserez pas.

L'ÉMEUTE.

(A demi-voix.)

Par le perfide, —
Qui toujours guide
Les mutinés,
Pour lui dociles
Et forcenés, —
Nos bras débiles,
Abandonnés,
Sont enchaînés ;
Et de la honte
Qui nous surmonte,
Au front plié,
Pétrifié,
La rougeur monte ;
Puis, désespoir !
Cette parole

Nous a fait voir
Le Capitole
Qui vient s'asseoir
Sur la montagne.
Le ciel est noir ;
Du dernier soir
L'ombre nous gagne.
Loin du nocher
Qui déjà sombre,
Allons chercher,
Pour nous cacher,
Dans le rocher,
Quelqu'antre sombre.
A ce destin
Irrévocable ,
Au bras latin
Qui nous accable ,
Dérobons-nous ;
Fuyons leurs coups.
Sur nos genoux ,
Comme un reptile ,
En nous traînant
Loin de la ville ,
Pour quelque asile
Que Dieu tonnant
Laisse tranquille ,
Partons ! partons !
Pauvres moutons
Qu'on va poursuivre ,

Qui voulons vivre,
Et qui sentons
Que l'on nous livre,
Partons !
— Partons.

QUINZIÈME PARTIE.

—

Marie.

Malheur aux femmes qui seront enceintes
et à celles qui allaiteront en ces jours-là !
(SAINT MATTHIEU, chap. xxiv, v. 19.)

SOMMAIRE. — Episode de la famine à laquelle Jérusalem est en
proie. — Intérieur d'une maison. Un vieillard mourant, une
femme et son nourrisson. — Invasion d'une troupe armée. La
maison est dépouillée. — Mort du vieillard. — Désespoir de la
pauvre mère. — Une femme survient. — Les deux mères. —
Lutte terrible.

MARIE.

(Ecoutant et tenant deux petits pains qu'elle a retirés
du feu.)

Qu'ai-je entendu ? des pas...

LE VIEILLARD.

(Effrayé, d'une voix faible.)

N'ouvre point.

13*

MARIE.

Une hache

Attaque notre porte et frappe sans relâche.

(Dans son épouvante, la jeune femme laisse tomber les deux pains.)

VOIX AU DEHORS.

Ouvrez-nous.

MARIE.

Sabaoth !

LE VIEILLARD.

N'ouvre pas.

LES VOIX AU DEHORS.

Ouvrez-nous.

MARIE.

Nous n'avons rien ici, frères, que voulez-vous ?

(La hache a pratiqué une ouverture dans la porte. Des têtes hideuses se montrent à travers.)

UNE VOIX.

Enfoncez. J'aperçois deux pains, la chose est sûre.

MARIE.

Nous n'avons que cela, mes amis, je vous jure.
Pourriez-vous nous l'ôter? Nous n'avons, de trois jours,
Mangé, mon père et moi.

LA VOIX.

Frappez, frappez toujours.

(Marie ramasse les deux pains et s'avance vers la porte.

LE VIEILLARD.

Tu vas les leur donner, ma fille? Je t'en prie,
Mère, pense à tes jours, à ton enfant, Marie.

LES VOIX.

Livre-nous ces deux pains ou de force ou de gré.

MARIE.
(Leur donnant un pain.)

Un pour vous, un pour lui. Moi, s'il faut, je mourrai.

(Elle jette un des pains par l'ouverture de la porte,
et tandis que les ravisseurs se le disputent, elle
court à son père.)

LE VIEILLARD.

Ma fille, qu'as-tu fait?

MARIE.

(A voix basse.)

Je n'ai pu m'en défendre;
Ils ne s'en iraient point; mais bientôt sous la cendre,
Eux partis, un second....

(Aux ravisseurs.)

Je n'ai plus rien, voyez!

UN HOMME DE LA TROUPE.

Il faut aller ailleurs.

UN AUTRE.

Non pas; vous la croyez?
Elle achetait hier, — un dernier coup de hache, —
Elle achetait hier du froment qu'elle cache;
Elle a pour ce froment vendu cette maison.

MARIE.

Qu'a-t-il dit? il est fou.

UN DE LA TROUPE.

Je crois qu'il a raison.

MARIE.

(Epouvantée.)

Voudraient-ils me manger mon enfant?

LES RAVISSEURS.

La mesure
Qu'on t'a vue acheter.

. MARIE.

Mais c'est une imposture !
Je n'ai rien acheté.

(La porte tombe sous leurs efforts, et ils se précipitent
dans la maison. Marie court vivement se placer sur un
certain point de l'appartement.)

LES RAVISSEURS.

Cherchons partout.

MARIE.

Eh bien !
Faites, si vous voulez, vous ne trouverez rien.

(On menace de tuer la jeune femme, qui reste impassible.
La troupe se ravise et court au vieillard.)

UN DE LA TROUPE.

Tu ne parlerais pas ; mais celui-ci peut-être
Va délier sa langue. Allons, où peut-elle être ?

LE VIEILLARD.

Frappez, j'ai trop vécu.

LES RAVISSEURS.

> Lions-le. Torturé,
Il dira le secret.

(Ils s'apprêtent à maltraiter le vieillard.)

MARIE.

(Effrayée.)

C'est moi qui le dirai.

LA TROUPE.

Ah !

LE VIEILLARD.

Laisse-moi mourir ; ta mamelle tarie,
Qui viendrait allaiter ton nourrisson, Marie ?

LA TROUPE.

Parlerez-vous ?

(Marie frappe du pied sur la dalle.)

MARIE.

Ici.

(On soulève la pierre et on trouve dessous la mesure,
qu'on enlève. Marie sort de son sein un talent qu'elle
veut à la dérobée montrer à son père ; mais le talent
échappe de sa main tremblante et roule à terre.)

UN DE LA TROUPE.

De l'or ! elle a de l'or !

(Ils se jettent tous sur le talent.)

Le vieux dans sa maison cache quelque trésor.

(Pour se livrer à de nouvelles recherches, ils se répandent
de tous les côtés.)

LE VIEILLARD.

(Anéanti et n'ayant plus qu'un souffle.)

O ma fille !... ta main.... car voilà que je tremble ;
Ta main... ma pauvre enfant! Que j'ai soif! il me semble...
Oh ! je brûle !... en mon sein coule du plomb fondu.

(Marie, avec un linge trempé dans l'eau, mouille les lèvres de son père.)

Monstres, soyez maudits...; enfant, tout est perdu.

(On n'entend plus que le râle du vieillard qui s'éteint.
Marie, égarée, presque folle, court de son père à son
enfant, de son enfant à son père. La troupe n'ayant
rien trouvé, s'éloigne avec des imprécations. Le vieillard expire. La pauvre femme s'affaisse, tombe et reste
quelque temps dans une prostration complète. Enfin
elle se relève, revient au lit funèbre, et se répand en
larmes.)

MARIE.

Ils ont enlevé tout, ils ont tué mon père,
Et je me vois, ici, seule avec la misère,

Un cadavre, un berceau, seule avec mon enfant!
Mon pauvre cœur s'écoule et ma tête se fend!
Mon Dieu! Dieu de Jacob! — Non, calme-toi, Marie,
Ce malheureux enfant a besoin de ta vie.

(En pensant à son lait tari, elle fait un sourire amer.)

Pas une seule goutte! il me faudrait manger;
Ils m'ont pris le talent. Mettons-nous à songer
S'il est quelque moyen. — Non, rien ne se présente,
Je ne puis rien trouver.

(Tombant à genoux.)

Moi, je suis innocente,
Vous le savez, Seigneur, des crimes de Sion;
Je n'ai point partagé l'abomination;
A la divine loi, mon cœur resté fidèle,
Jamais ne la trahit et ne s'éloigna d'elle;
Je n'ai point avili la couche d'un époux;
Mon Dieu! je n'ai connu d'autre maître que vous.
Ayez pitié de moi. Mais encor, si la mère,
Payant votre bonté d'un mal involontaire,
Contre vous, par faiblesse, a péché quelquefois,
Cet enfant n'a, du moins, rien fait contre vos lois.
Que je vive pour lui, que nous...

(Elle croit entendre son enfant; elle court à lui.)

Il se réveille.

(Elle l'observe avec attention.)

Non, non.

(Elle l'observe avec plus d'attention.)

Son souffle frappe à peine mon oreille;
Ce cœur-là ne bat plus; il est peut-être mort!

(Se rassurant.)

Non, non, je me trompais ; non, il respire, il dort ;
Repoussons la terreur dont je suis possédée ;
Mangeons, pour cet enfant. — Il me vient une idée :
C'est cela, c'est heureux. Maintenant qu'il fait nuit,
Je pars ; hors de nos murs, je me glisse sans bruit ;
Je vais dans la campagne, et, comme la génisse,
Afin que d'un lait pur ma mamelle s'emplisse,
Parmi les hauts gazons où des sucs bienfaisants...
Cet espoir m'a rendu mes forces, je le sens ;
Partons. — Mais l'ennemi ! Je vais à ses colères
Exposer une proie assurée. — Et nos frères !
Sont-ils donc moins cruels pour moi que l'ennemi ?
En ce moment, d'ailleurs, le camp est endormi.
Et pourquoi voudraient-ils égorger une femme ?
Mère, je parlerai, je toucherai leur âme ;
Partons ! — S'ils me tuaient ! Délaissé, mon enfant
Ici... Je n'irai pas, car tout me le défend,
Car le destin rendrait cette absence funeste ;
Si par la faim poussée, une troupe... je reste.
— Mais si je reste, il meurt.

(Elle s'approche du cadavre de son père.)

Mon père ! inspire-moi ;
Ecoute, m'entends-tu ? Voyons, réveille-toi,
Je suivrai tes conseils ; parle-moi. — Malheureuse,
Ce n'est plus qu'un cadavre, et vainement je creuse
Mon cerveau pour trouver un moyen ; mes douleurs,
Au lieu de la raison, n'en tirent que des pleurs.

(Elle verse d'abondantes larmes. L'enfant se
réveille ; elle court à lui.)

14

Il m'appelle ; ses cris me vont jusqu'aux entrailles ;
Mais je vais me briser la tête à ces murailles !
Tais-toi , mon fils , tais-toi !

> (Elle lui donne son sein , auquel l'enfant s'attache avec
> avidité; mais, n'y trouvant rien, il recommence ses cris.
> Marie court égarée dans la maison.)

                    Mais, pour me secourir,
Personne ! Il faudra donc le regarder mourir ?
Personne !

> (Une femme au visage sinistre entre tout-à-coup.)

           Venez à moi , femme , je vous en prie ;
Une goutte de lait à la pauvre Marie ,
Venez , pour son enfant, et prenez pitié d'eux ;
Votre mamelle est pleine et peut suffire à deux ;
Il n'en souffrira point , le vôtre , ils seront frères.
Non ? vous ne voulez pas ? Il n'est donc plus de mères?
Si vous l'étiez , ma voix toucherait votre cœur.

SÉPHORA.

(D'une voix lugubre.)

Je l'ai tué , le mien.

MARIE.

(Pressant son enfant avec terreur sur son sein.

           Malheur ! malheur ! malheur !
Je sais ce que tu veux , va-t-en.

SÉPHORA.

Ecoute, mère,
Prends le couteau, crois-moi; plus la victime est chère,
Plus il faut de courage.

MARIE.

Ah! suppôt de Satan,
Je ne t'écoute pas, retire-toi, va-t-en.

SÉPHORA.

Elle aimera donc mieux que d'une mort affreuse,
De faim, entre ses bras il meure! Malheureuse!
Va, dans des temps meilleurs, d'autres te souriront,
Jouant sur tes genoux et te baisant le front;
Abrége les douleurs de l'enfant.

MARIE.

Anathème!
S'il doit être frappé, que ce soit Dieu lui-même
Qui lui lance sa flèche.

SÉPHORA.

Ou Rome frappera....
Que dis-je? pour sa honte et la tienne, il vivra.
Rome va l'enlever.

MARIE.

Soit, qu'on le laisse vivre,
Et que l'on me permette, esclave, de le suivre;
Les mères accourront pour lui donner leurs soins;
S'il ne m'appartient plus, je le verrai du moins.

SÉPHORA.

Oui, mais rappelle-toi qu'un enfant de l'Asie
Dans les banquets romains est une fleur choisie;
Qu'à d'infâmes plaisirs ses charmes condamnés,
Livrent leurs beaux quinze ans aux pourceaux couronnés;
Rappelle-toi Caprée et les jours de Tibère,
Et dis-moi si l'on peut encore rester mère
Sur ce rivage impur où Rome, en ses fureurs,
Des terres de Ségor rappelle les horreurs.

MARIE.

Oh!

SÉPHORA.

Que préfères-tu?

MARIE.

Fuis, esprit des ténèbres;
Porte à d'autres qu'à moi tes paroles funèbres.

Je ne t'écoute point. Ce fantôme maudit,
O mon fils, ô mon sang, sais-tu ce qu'il me dit?
Non, plutôt.

(L'enfant crie.)

      Va, tais-toi, je vais m'ouvrir la veine;
Si je n'ai plus de lait, du moins... — ressource vaine!
Au pied de ce berceau, morte je tomberais,
Et que deviendrais-tu, pauvre victime, après?

SÉPHORA.

Frappe.

MARIE.

(Se tenant debout devant le berceau.)

    J'ai deviné : dans ta pitié cruelle,
Tu restes, attendant que la femme chancelle
Et tombe sous le poids de ses douleurs; et pui,
Foulant mon corps aux pieds, tu t'abattrais sur lui;
Mais je suis forte encore et j'ai tout mon courage,
Et la mère vivra pour repousser ta rage.

SÉPHORA.

Barbare par amour, tu refuses? eh bien!
Ton fils ne vivra pas quand j'ai perdu le mien;

Je frapperai moi-même ; et puis , je sens encore ,
Je sens toujours la faim , vautour qui me dévore.

MARIE.

(Criant de toutes ses forces, éperdue.)

Au secours ! au secours !

SÉPHORA.

Le sort fait de tels coups ;
Aujourd'hui dans nos seins ils doivent rentrer tous ,
Ou n'en jamais sortir.

MARIE.

Au secours !

(Marie s'approche de Séphora et la regarde avec des
yeux terribles.)

Mère infâme !
D'une tigresse née et non pas d'une femme ,
Approche, si tu l'ose, et je ne te crains pas ;
Mon amour me défend, j'arrêterai ton bras.
L'ai-je bien entendu ? l'ai-je compris ? Sans doute
Que je me suis trompée, ou bien je rêve ; écoute,
J'ai la tête malade, et j'ai le cerveau creux,
Affaibli par la faim ; c'est quelque songe affreux
Qui me tourmente ; et toi, tu n'es qu'une chimère ;

Car on ne peut pas voir, on ne voit pas de mère
Qui du fruit de ses flancs....

(Séphora, de plus en plus furieuse, semble chercher une
arme.)

Mais que cherches-tu là ?
Réponds, que cherches-tu ? serait-ce donc cela ?
Elle a la tête basse et la mine occupée ;
Sans doute elle demande une hache, une épée ;
Elle a l'œil de la bête ayant flairé le sang.
Je ne me trompais pas.

(Elle s'élance et va elle-même prendre une hache.)

Eh bien donc, j'y consen,
Si tu veux avec moi lutter, affreuse hyène,
Me voilà ; de l'amour, la force est surhumaine ;
Et si nos maux ont fait des monstres comme toi,
L'amour produira peu de femme comme moi.

(Elle lève la hache, et d'un geste impérieux ordonne à
Séphora de sortir. Rappelée à ses sentiments de mère
qu'elle a connus autrefois et qu'elle retrouve dans Marie
à un degré sublime, Séphora, troublée, s'arrête.)

MARIE.

(A part.)

Mais que se passe-t-il en son âme d'étrange ?
Qu'ai-je produit en elle ? Oui, sa figure change,
L'hyène tombe ; ô ciel ! la femme reparaît.

(Haut.)

Une larme !

(Séphora tombe à genoux ; Marie est désarmée.)

Des cœurs, toi qui sais le secret,
O mon Dieu ! toi pour qui l'âme n'a point d'abîme,
Accepte cette larme, elle expira le crime.

(En ce moment, un grand bruit se fait entendre au dehors, et, dans le tumulte, on distingue ces mots : *Qui
veut être sauvé*, *au Temple!* Les deux femmes, pous-
sées par l'instinct de la conservation, et sans se rendre
compte du genre de salut qui leur est offert, s'élancent
ensemble dans la rue et courent vers le lieu saint.
Marie emporte avec elle son enfant.)

—————

LIVRE QUATRIÈME.

SEIZIÈME PARTIE.

Incendie du Temple.

> Ils ont placé leurs étendards dans le temple. Leurs haches se sont abattues sur les portes du sanctuaire comme sur les arbres d'une forêt.... Ils ont mis le feu, Seigneur, à votre tabernacle.
>
> (*Psaume* LXXIII, v. 5, 6 et 7.)

SOMMAIRE. — Les Romains sont parvenus jusqu'au Temple : on y met le feu. — Horrible tableau. — La poutre d'or. — Les ennemis sont maîtres de la plus grande partie du lieu saint, et campent sur les ruines.

I.

DEUX SOLDATS ROMAINS.

— Tandis qu'autour de nous le désordre commence
A brouiller en chaos le fer, les mains, les voix,
    Et que la bataille en démence
      Ne garde plus de lois,

14*

Je veux ici tenter une action hardie,
Ouvrir et déployer l'aile de l'incendie
Lancé comme un vautour dans ce fier monument ;
A la fenêtre d'or, toi m'aidant, je me hausse,
    Et seul, j'attaque le colosse
En lâchant de ma main le farouche élément.

—Pourtant, du général la défense est expresse.
— Cette confusion, ces fureurs, cette presse,
    Favoriseront mon dessein.
—C'est outrager les Dieux, ce temple est un lieu saint.
— Prête-moi ton épaule, et la torche enflammée
Par ici va voler : les Dieux de l'Idumée
    N'ont pas de place dans mon sein.

    (Il monte sur l'épaule de son compagnon et jette un so-
    liveau embrasé par la fenêtre d'or.)

Tes yeux vont bientôt voir une ardente fournaise ;
Saturé de parfums, à ce feu qui le baise,
Le bois ouvre déjà ses pores onctueux,
Et vous allez rouler, cèdres majestueux,
    Tordus sur des couches de braise.

Elle ne lèche plus, cette flamme, elle mord,
    Elle mord, çà et là, sans trêve,
        Plus terrible encor
        Que le fil du glaive.
Elle ne rampe plus, elle prend son essor ;
    Et dilatant son envergure,

Sonore, elle emporte mouvants
Ses flocons secoués comme une chevelure
      Aux vents ;
Elle court, elle vole, elle étend son ravage.

Ce n'est plus le vautour, c'est le cheval sauvage
      Et sans freins,
      Qui flamboie
Dans sa robe de pourpre, et la crinière ondoye
      Sur ses reins ;
Ses pieds sont des éclairs et sa course foudroye,
      Et sous lui l'arène tournoie,
      Et le vertige épouvanté,
A ses flancs suspendu, bondit à son côté.
Ce n'est plus maintenant le cheval indompté
Echappé de ses bords, c'est le torrent heurté,
A des pointes de roc déchirant son écume ;
Par delà les hauteurs par sa fougue emporté,
      Comme le marteau sur l'enclume
Frappant sur la paroi du côteau surmonté,
Et du sommet franchi dans le vallon qui fume
      Tombant précipité.

(A la vue de l'incendie, une terreur inexprimable s'empare des israélites, qui n'ont plus la force de repousser les ennemis.)

II.

CHŒUR DES ISRAÉLITES.

— Dieu! Dieu! Dieu! Qu'est-ce là? Les vengeances divines
    Tombent sur nos iniquités.
— Dieu! Dieu! Dieu! Partez donc, envoyez aux piscines
    Les urnes profondes. Partez :
Epuisez le torrent, tarissez la fontaine ;
    Hâtez, pressez ; hâtez, pressez.
Quoi! vous restez muets ! votre perte est certaine,
    Malheureux, si vous n'agissez.
Allez! volez, criez, appelez. Aux portiques
    Toutes les mains, toutes les mains,
Si vous craignez de voir les vainqueurs frénétiques
    S'engouffrer dans le saint des saints ;
Si vous ne voulez pas que ce temple s'écroule,
    Et que, sur ses tristes débris,
Demain, de nos taureaux immolés le sang coule
    Pour Jupiter ou pour Cypris.

CHŒUR DES ROMAINS.

    (Eloignés du Temple.)

Remontons à l'assaut, et la ville éperdue,
    Aujourd'hui tombe entre nos mains ;
Marchons, ressaisissons l'espérance rendue ;
    Ce feu nous rouvre les chemins ;
Entendez-vous les cris des enfants et des femmes

Que la peur livide a glacés ?
Les voyez-vous bondir au milieu de ces flammes,
            Hurlant comme des insensés ?
Courons ; le bouclier, le javelot échappe
            Aux bras, aux mains des combattants ;
Et, détaché du front, sur l'épaule qu'il frappe,
            Le casque retombe flottant,
Si forte est la terreur, si grand est le vertige
            Qui mêle les rangs confondus ;
Profitons, profitons du désordre, vous dis-je ;
            Reprenons ces sentiers ardus.

CHŒUR DES ISRAÉLITES.

Où donc est le Seigneur ? Il garde le silence,
            Quand le Temple croule à ses yeux ?
Il ne prend pas son casque ? il ne prend pas sa lance ?
            Il ne rugit pas dans les cieux ?

Sa main, lorsqu'il entend hurler au sanctuaire
            Les loups fouillant le saint des saints,
Ne les refoule pas jusque dans leur repaire ?
            Sa foudre se tait dans ses mains ?

Comment ! n'ont-ils pas dit, dans leur âme superbe,
            Qu'ils détrôneraient l'Immortel,
Qu'ils détruiraient le Temple, enfouiraient sous l'herbe
            Le marbre brisé de l'autel ?

Voyez-vous, voyez-vous au milieu des cohortes,
    Qui s'enflent et roulent à flots,
Les aigles déployer leurs ailes sous les portes,
    A la pointe des javelots?

Vous tombez, vous tombez, cèdres du temple auguste,
    Sous la hache des combattants,
Comme dans les forêts roule un chêne robuste
    Sous les bûcherons haletants.

CHOEUR DES ROMAINS.

Nous le voyons enfin, la guerre est accomplie.
    — Que de richesses dans ces lieux !
— Nos maux sont oubliés. — Italie, Italie,
    Demain nous reverrons tes cieux.

— Eteignez l'incendie, empêchez le pillage ;
    Chefs, sur vos milices veillez.
— Profitez du désordre, ouvrez-vous un passage ;
    Partout l'or ruisselle : pillez.

— N'allons point, mes amis, jeter notre sagesse
    Sur les pas des témérités ;
La victoire sans frein, l'ardeur dans son ivresse,
    Aveugle les cupidités.

— Braves dans le combat, dans ce temple timides,
    Qui donc arrête vos élans?

Les voyez-vous frappés d'étonnements stupides ?
    Pressez, pressez, pressez leurs flancs !

— Mais pourquoi mutiler par la flamme et la hache
    Ce temple étonnant de splendeurs ?
— Brisez, brûlez, fouillez; qui sait tout ce qu'il cache
    De trésors dans ses profondeurs ?

— Frappez, centurions, faites plier les têtes
    Sous le cep du commandement;
Réprimez dans chacun cette soif de conquêtes,
    Et respectons ce monument.

— Mais comment comprimer l'avidité croissante
    Dont nos succès enflent le cours ?
Mais nous n'opposerons qu'une digue impuissante
    Au fleuve qui monte toujours.

III.

LE POÈTE.

L'orage qui des cieux troublant la paix sereine,
Embrase tout-à-coup sa fournaise d'éclairs,
Qui rugit comme un tigre échappé de l'arène
Et déchaîne les flots suspendus dans les airs;

La trombe dont on voit la masse voyageuse
Rouler en mugissant comme un monstre marin,

Effondrer le côteau, courber la pâle yeuse,
Tordre le dos épais du chêne aux flancs d'airain,

N'ont rien dans leur fracas si rempli d'épouvante
Qu'on puisse comparer au bruit des combattants,
Assiégeants, assiégés, vainqueurs, troupe mourante,
Ebranlant le saint lieu de leurs cris éclatants.

Ici, l'on croirait voir, — sur les faces livides,
Quand le feu se réflète — aux lueurs des flambeaux,
Froissant leurs os glacés, ouvrant de grands yeux vides,
Tout un peuple de morts se lever des tombeaux ;

Et là, chargeant d'éclairs les casques, les cuirasses,
Le feu fait ressembler les vainqueurs odieux,
Aux cyclopes ardents qui soulèvent des masses
Et forgent dans l'Etna les armures des dieux.

Cependant, l'incendie enfle ses vagues. Ivre
De rage, il envahit les cèdres du Carmel,
Rouge, opaque, pareil aux nuages de cuivre
Qu'un astre pluvieux épanche dans le ciel,

Aux nuages poussés par l'aile des orages,
Qui de leurs noires eaux souillent l'azur troublé,
Et s'épandent au loin dans les divines plages,
Par degré dévorant l'espace immaculé.

Tout ruisselant des feux réflétés, l'or éclate,
Plus splendide et plus beau, sous les yeux des vainqueurs,

Que l'on voit se jeter dans la flamme écarlate,
Tant l'avarice impie a fait battre les cœurs.

Ceux qu'a paralysés l'étonnement stupide,
Semblent, les yeux ouverts, dévorer les saints murs,
Et se penchent, jaloux du soldat intrépide
Qui déjà sur cet or pose ses doigts impurs.

Mais Jacob indomptable et l'incendie immense,
Du désir qui palpite éloignent le métal :
Rome court en tumulte, et, prise de démence,
Dispute ces trésors à l'élément fatal.

Plus enflé qu'un torrent alpestre, le sang coule ;
Hideuses, mille morts ont frappé les regards :
C'est un affreux chaos, qui se masse et qui roule,
De têtes et de bras, de casques et de dards,

De glaives suspendus, abaissés sur les têtes,
De boucliers oblongs où s'émousse le fer,
De casques agités où flottent les aigrettes,
De drapeaux dont les plis se déroulent dans l'air,

De haches, double acier, qui fendent les cuirasses,
De javelots restés aux flancs qu'ils ont troués,
D'hommes frappés à mort, tombant, inertes masses,
De guerriers gémissants, sur le pavé cloués.

Le carnage a son flux et reflux, sa marée,
Qui baisse, et, s'éloignant, laisse d'affreux débris ;

Mais qui monte plus loin sous la voûte sacrée,
Redoublant la fureur, le tumulte, les cris ;

Le sang sur les hauteurs aux marches ruisselantes
Forme une mare affreuse et de larges caillots ;
Car vers le saint des saints, les troupes pantelantes,
Pour trouver des trésors cachés, poussent leurs flots.

L'on demande, l'on cherche, on scrute les retraites
Où Jacob tient, dit-on, ses trésors enfouis ;
Compactes, sur ce point s'amoncellent les têtes :
On tente vers ce but des élans inouis.

Seule, Jérusalem ne tombe point frappée ;
Rome paie un tribut à sa cupidité :
A son tour elle sent la pointe de l'épée,
Et venge par ses maux les maux de la cité.

Le perfide métal trompe l'ardeur avide.
Quelquefois, un vautour, dans son aveugle élan,
Tombe sur un autel qui fume ; l'ongle vide,
Jetant des cris, il fuit loin du taureau brûlant.

Des pampres colossaux, de la grandeur d'un homme,
Semblent jaillir des murs avec leurs grappes d'or,
Dont la vue a tenté toutes les mains de Rome,
Et que cache à demi la feuille qui se tord.

Par l'action du feu la grappe se déforme,
Et le grain coule. Atteint, le soldat imprudent

Dilate, toute grande, une bouche difforme,
Et hurle de douleur sous le raisin fondant.

D'autres, plus obstinés, s'attachent à leur proie,
Luttant contre le feu pour conserver le fruit ;
Vainqueurs, ils n'ont pas vu, dans leurs transports de joie,
S'avancer derrière eux la pique qui les suit.

IV.

Mais on rit du danger, et le sombre ravage
Ne se ralentit point dans son ardeur sauvage.
S'allongeant en épée, en orbe se roulant,
La flamme étend toujours son domaine brûlant.
Viens remplacer le temple, Eglise, chaste épouse ;
Le Christ a dit un jour, en s'adressant aux Douze :
Il ne restera rien de ce beau monument,
Et le Verbe doit seul vivre éternellement.

Combien qui, tenant l'or dans leur main conquérante,
Exhalent dans le sang l'ivresse délirante !
Tout entiers à cet or, ils n'ont plus qu'à sauver
Le précieux butin qu'ils viennent de trouver ;
Ils sont prêts d'échapper à la pique déçue ;
L'indomptable dragon leur ferme toute issue,
Et des murs ébranlés un bloc se détachant,
Les divise en deux parts comme un acier tranchant.

Cependant, chaque chef, de sa main menaçante,
S'efforce d'apaiser l'avidité croissante.
Vaines précautions! pour la première fois,
Enivré, le soldat est sourd à cette voix.
Le cep tombe irrité sur le romain qui crie;
Mais il bat vainement son épaule meurtrie.
C'est ainsi qu'un chevreau, désolant un verger,
Coupe, ronge, insensible au bâton du berger.

— Oh! — Qu'est cela? — Voyez. — Par Plutus, c'est un rêve!
Une clameur immense, ineffable, s'élève;
La flamme a découvert une solive d'or
Dans l'épaisseur d'un mur, mystérieux trésor,
Qu'une main prévoyante et pleine de sagesse,
Sans doute réserva pour un temps de détresse,
Ou bien pour rendre au Temple, au jour de vétusté,
En le rajeunissant, son antique beauté.

La flamme a dégagé la solive fatale;
Libre de sa prison, splendide, elle s'étale.
On s'arrête. Les yeux semblent s'interroger;
On mesure sa force en face du danger.
A l'aspect du métal dont la vue est frappée,
Plusieurs jugent encor leur prunelle trompée;
Mais le doute s'enfuit lorsque, au même moment,
Israël fait entendre un long rugissement.

C'est un affreux tournant d'armures et de têtes;
Dans l'air, comme des mâts que battent les tempêtes,

Mille échelles déjà se heurtent. Moins bruyants,
Des essaims échappés; moins noirs, moins ondoyants,
Quand ils font sous leur poids plier le jeune arbuste,
Que ceux dont le bras fort, dont la jambe robuste
Font crier l'échelon trop chargé. Le premier
Qui triomphe au sommet brille comme un cimier.

Les bras inférieurs s'allongent; ils arrachent,
Comme des rocs disjoints, des corps qui se détachent
Et roulent sur l'amas gémissant qui les suit:
Comme une armure au vent l'airain heurté bruit.
C'est un bloc sculptural où, se tordant meurtrie,
La main plonge en fureur dans la bouche qui crie;
D'où retombent les dards, les boucliers lâchés,
Et des fronts découverts les casques détachés.

Les premiers ont fléchi, mais d'autres les remplacent;
Les pieds, les bras, les flancs, de nouveau s'entrelacent.
Quand on voit ce monceau remuant, l'on dirait
Un dragon écaillé, convulsif, qui voudrait,
Le cou tuméfié, fondre sur une proie;
Mais tout-à-coup sur lui roule un roc qui le broie.
L'œil brille. Il se ramasse, en cercle replié,
Et siffle de colère en se sentant lié.

C'est un tel ouragan de cris et de blasphèmes,
De hurlements jetés par les colères blêmes,
Par la douleur atroce et l'imprécation,
Qu'il domine l'éclat de toute l'action;

Ce sont des corps ployés, que par les chevelures
On entraîne; ce sont d'effroyables morsures
Que d'obstinés lutteurs, vaincus dans leurs efforts,
Impriment avec rage aux muscles des plus forts.

Israël, pour punir la sacrilége audace,
Sur ces hauts reliefs à la mouvante masse,
Tombe. Les imprudents tremblent, pâles d'horreur,
Se reprochant trop tard leur aveugle fureur.
Les regards éperdus se tournent vers la terre;
Ils maudissent cet or, ils maudissent la guerre.
Vains regrets! leur appui penche, roule ou se rompt;
Tous mordent le pavé qu'ils ont frappé du front.

Quel œil pourrait compter les richesses broyées
Sous les pas de la guerre ou dans le sang noyées!
Au sanctuaire intime, un tapis précieux
Se déroule. L'azur et la pourpre des cieux,
La blancheur de la neige et l'éclat de la flamme,
Se fondent avec art dans cette immense trame;
L'aiguille y dessina, par de riches couleurs,
Les merveilles de Dieu dans un cadre de fleurs.

Dans un ordre admirable y rayonne le monde :
Le soleil y répand sa lumière féconde,
La lune ses rayons, comme un réseau léger;
Là se montrent la Lyre et l'astre du berger;
Les Pléiades en chœur épanchant leurs amphores,
Syrius excitant les tempêtes sonores,

Le bataillon nombreux des étoiles sans fin,
Qui forment à leur maître un cortége divin.

Ce voile étincelant, ce chef-d'œuvre si rare,
Aux profanes cachés par une main avare,
N'est plus qu'un abattoir où le sang, à ruisseau,
Regorge écumant. Là, s'élèvent par monceau
Le tronc méconnaissable et la tète livide.
Le tapis a tenté le ravisseur avide;
Mais le fer dans son front s'enfonce comme un coin;
Sa dent mord le tissu qu'il n'emportera point.

Le sang a tout souillé : l'autel des sacrifices,
Où Dieu ne demandait que celui des génisses,
Et cette table d'or où, premier aliment,
Et pétri sans levain, s'amassait le froment;
Le chandelier rameux, soleil d'or qui rayonne;
Les chérubins courbés devant celui qui tonne,
Et cette mer en bronze, où se purifiaient
Les sacrificateurs, quand ils sacrifiaient.

V.

Le glaive tombe enfin des mains exténuées;
Les voix, dans Israël, baissent, diminuées;
Les Romains, à leur tour, moins altérés de sang,
Suspendent le carnage, et rejetant l'épée,

Le front pourpre, entr'ouvrant la cuirasse trempée,
De l'œil couvent leur proie, amas éblouissant.

— « Evohé ! Lycéus ! divine frénésie !
» O père qui domptas les tigres de l'Asie,
» Pour les faire bondir attelés à ton char,
« Quoi! tes trésors aussi ! quoi! ce n'est point un songe!
» Tu permets aujourd'hui que le vainqueur se plonge
» Dans les vins parfumés d'Azer et d'Issachar ? »

Aux fureurs des combats succède une autre ivresse :
La guerre est oubliée, et les chants d'allégresse,
Le sarcasme, le rire, ont remplacé les cris,
Les hurlements de mort, les sanglots. Les vins coulent,
L'amphore échappe, éclate, et le vainqueur se roule
Sur de brillants monceaux, sur d'horribles débris.

Le bouc, caché parfois sous la vigne abondante,
Dresse son front armé vers la grappe pendante,
Et ses dents ont brisé le doux fruit : mais déjà,
Oubliant les grains d'or d'où la liqueur ruisselle,
Puni par le larcin même, le bouc chancelle,
Et roule au pied du cep que sa langue outragea.

DIX-SEPTIÈME PARTIE.

—

Lamentations.

O vous tous qui passez par le chemin, exa-
minez et voyez s'il est une douleur pareille
à la mienne ; car le Seigneur m'a vendangée
au jour de sa colère.

(JÉRÉMIE, *Lamentations*, ch. II, v. 12.)

SOMMAIRE. — Les Israélites pleurent, comme autrefois Jérémie, sur Jérusalem, sur le Temple et sur eux-mêmes. Simon
se mêle aux chœurs, et tout en se reprochant ses fautes,
songe encore à la défense, quoiqu'il la reconnaisse désespérée. Le vieux Caïphe, expliquant les causes de la chute de
Solyme, engage la jeunesse à chercher un refuge dans les
déserts, et ceux dont l'avenir est flétri à tout jamais, à mourir avec lui sur les débris du Temple.

(La scène se passe dans la partie du Temple
que l'ennemi et les flammes n'ont pas encore envahie, et où campent les Israélites,
en face des Romains. Une nuit épaisse enveloppe les deux armées.)

JÉHU.

Mais qui donc a rompu la digue infranchissable ?
    C'est le maître des cieux.
Solyme, jusqu'ici jugée impérissable,
    S'écroule sous nos yeux.

15

Ceux qu'on a toujours vus, le cœur gonflé de rage,
    Et portant haut le front,
Se jeter sans pâlir au milieu de l'orage
    A la voix du clairon;

Là, défendant la tour, la porte, les murailles;
    Là, brûlant les béliers;
Là, de nos ennemis déchirant les entrailles,
    Comme des sangliers;

Pour envahir le camp, culbutant les chars vides
    Sur les chevaux hâchés,
Pourquoi donc aujourd'hui les voyons-nous livides
    Sur la terre couchés,

Eux dont jamais les pieds ne connurent la fuite,
    Ne bondirent en vain,
Et dont jamais l'épée, ardente à la poursuite,
    N'avait trahi la main?

AZA.

Ils sont venus les temps prédits par l'Ecriture,
    Et nous nous écoulons
Comme un vase fêlé, comme une grappe mûre
    Qu'à nos pieds nous foulons.

THUBAL.

Le ciel nous a roulés dans le voile funèbre,
    Le blanc linceul des morts;

Il pousse dans la fosse un grand peuple célèbre
    Entre les peuples forts.

NEPHTHALI.

Contre Jérusalem Dieu revêt la cuirasse,
    Épuise le carquois,
Et son bras affermi, sur nous, comme une masse,
    Tombe de tout son poids.

Il saisit de sa main le casque qu'il arrache
    Au milieu du combat,
Et, grondant de fureur, pièce à pièce détache
    L'armure du soldat,

Pour que du malheureux, quand sur lui plane et vibre
    Le javelot latin,
Le flanc nu puisse offrir à la pointe plus libre
    Un passage certain.

HÉLI.

Lui-même sur le Temple il appelle l'insulte
    Et la cupidité;
Maudissant le sabbat, il abolit du culte
    L'auguste majesté.

Vous ne monterez plus, encens du sacrifice,
    Vers son trône immortel;

Il ne veut plus du sang des boucs et des génisses
    Qui baignait son autel.

SAMUEL.

Ainsi que des béliers errant à l'aventure,
    Et qui ne trouvent pas
Aux agneaux altérés, affamés, l'onde pure,
    Les pâturages gras,

Les chefs, l'œil égaré, la démarche incertaine,
    Demandent vainement
Aux pampres des coteaux, aux sillons de la plaine,
    La grappe et le froment.

AMOS.

Dieu nous a vendangés comme une vigne mûre,
    Et n'a rien épargné;
Il a vu l'ennemi nous prodiguer l'injure
    Sans en être indigné.

Superbe, Rome a dit, en frémissant de joie :
    « La voilà devant nous,
» La reine orientale, au milieu de la voie
    » Courbée à deux genoux !

» A ces piliers noircis, tronqués, fixons nos armes
    Où fume encor le sang,

» Et, goûtant le repos, repaissons-nous des larmes
　　　» D'un ennemi gisant. »

Les étrangers diront, en foulant ces portiques :
　　　« Voilà donc la cité
» Que l'on disait parmi les nations antiques
　　　« La première en beauté ! »

SIMON.

Pourquoi l'ambition aux ongles de harpie,
　　　S'attacha-t-elle à moi ?
Je me jugeais trop grand pour une satrapie,
　　　Je voulais être roi.

D'un haut commandement, moi fidèle, peut-être
　　　César m'eût fait l'honneur ;
De la Judée encor j'aurais été le maître,
　　　Nommé son gouverneur ;

Sans toi, je m'arrêtais au parti le plus sage,
　　　Sombre rivalité ;
Mais Giscale était là, qui, par le même orage,
　　　Tombe précipité.

Mes mains ont aujourd'hui de ma folle révolte
　　　Touché le digne prix :
L'orgueil semé, j'attends un cèdre, je récolte
　　　L'hysope du mépris :

15*

J'étais cette statue à la base fragile,
 Et je ne voyais pas
La pierre qui bientôt, heurtant le pied d'argile,
 Devait la mettre à bas.

Pourquoi vivrais-je encor? Sauvé des mains de Rome,
 Il me reste mon cœur,
Désert où mon passé viendra se dresser comme
 Un fantôme vengeur;

Il faut mourir : je dois, mes ambitions mortes
 Et mon règne achevé,
Tomber avec le Temple, avec les âmes fortes,
 Sur le dernier pavé.

— Pourtant, si j'arrêtais, seul, d'une main hardie,
 Un triomphe insolent!
La veine du caillou recèle un incendie,
 Le chêne vient du gland;

Qui sait? Quelque victoire est au bout de ma lance;
 Le sort a des retours.
Luttons; je puis encor jeter dans la balance
 Des hommes et des tours.

— Fou! D'un tronçon d'épée attendre des prodiges!
 Fuyons de ces hauteurs,
Pour n'être pas traîné derrière les quadriges
 De nos triomphateurs.

De mes iniquités j'ai comblé la mesure :
    Plein de ressentiment,
Et soulevant leur poids, Dieu paie avec usure
    Au jour du jugement.

Les vagues du Seigneur ont passé sur ma tête ;
    J'ai vu le lac profond
Où m'a précipité le vent de la tempête,
    Et j'ai touché le fond.

Près de moi, mon espoir de régner sur Solyme
    Se couche enseveli ;
On mettra sur mon nom, que je voulais sublime,
    La pierre de l'oubli.

CAÏPHE.

Enfants, écoutez tous ma dernière parole :
Notre Temple s'écroule au pied du Capitole ;
Avant que je me mêle à ses sacrés débris,
Je veux que vous graviez ces mots dans vos esprits :
    Vos pères ont péché ; sur vous pèsent leurs crimes ;
De l'expiation vous êtes les victimes :
La vengeance tardive est venue, et c'est vous
Qui du Christ irrité sentez les rudes coups.
Mais que dis-je ? En ces temps d'iniquité profonde,
Chez des fils plus ingrats le crime surabonde ;
C'est la loi du progrès dans le mal commencé ;
L'orageux avenir naît d'un sombre passé.

Lorsque la main de Dieu pousse un peuple à sa perte,
Par la pente du vice une voie est ouverte
Pour qu'il tombe plus tôt dans le gouffre sans fond :
C'est ainsi, mes enfants, que les peuples s'en vont.
Oui, Dieu nous a maudits, il a brisé nos portes,
Et l'on va nous compter parmi les villes mortes ;
Vos fers sont préparés ; ils reviennent encor
Les jours affreux du roi Nabuchodonosor.
Par un nouvel Assur les tribus enchaînées,
Vers le Tibre lointain se verront entraînées,
Et l'espoir du retour est perdu cette fois :
Jamais, au bord du fleuve, une plaintive voix,
Exhalant les regrets de la patrie absente,
Ne vous annoncera Solyme renaissante.
C'est pour vous qu'a parlé Daniel ; Daniel
Vous dit en mots exprès les menaces du ciel :
« Leurs mains immoleront le Christ, dernier prophète ;
» Lui mort, Jérusalem tombera de son faîte ;
» Le peuple rénégat sera répudié ;
» Un prince, dévastant le Temple incendié,
» Abolira l'honneur de nos Pâques antiques,
» Et les herbes croîtront sur les places publiques. »
Je vous dis donc ceci : Vous qui, jeunes encor,
Gardez au fond du cœur l'espoir comme un trésor,
Dont un sang vigoureux gonfle les riches veines,
Et qui ne pliez point sous le poids de nos peines ;
Vous pour qui la patrie est partout, sous le ciel,
Où l'arbre fait son fruit et l'abeille son miel,
Enfants, allez quérir, sauvés de nos tourmentes,

Un seuil hospitalier sur des terres clémentes.
Mais vous, dont tout espoir est flétri désormais,
Puisque le Temple saint tombe de ses sommets,
Et qui ne songez plus qu'à mêler, vœu sublime,
Votre dernière haleine au râle de Solyme,
Reprenez des combats les jeux interrompus,
Relevez la cuirasse et le glaive rompus :
Offrande expiatoire, holocauste suprême,
Sur l'autel qui s'écroule, immolez-vous vous-même.

DIX-HUITIÈME PARTIE.

—

La Lutte suprême.

> ..... Vous verrez dans le Temple l'abomi-
> mination de la désolation annoncée par le
> prophète Daniel.
>
> (SAINT MATTHIEU, chap. XXIV, v. 22.)

SOMMAIRE. — La lutte recommence, mais c'est pour la dernière fois. — Efforts désespérés et inutiles. Rachel prisonnière avec Jéhu. — Sara blessée. Simon quitte le Temple
pour aller se fortifier ailleurs. — Défense furieuse des prêtres restés seuls avec le vieux Caïphe. Ils périssent tous.

I.

LE POÈTE.

Lorsque l'aube rougit l'orient, il nous semble
    Que la nature a tressailli :
    Le vent frémit, la feuille tremble,
Et du chêne touffu dans l'ombre enseveli,

Comme une cascade a jailli
Le chant des rossignols qui s'éveillent ensemble;
Ét l'homme, renaissant à la douce senteur
Qui monte de la plaine ou vient de la hauteur,
A cet air pur, au bruit du ciel et de la terre, —
A l'hymne universel mêle sa voix austère.

Tel n'est pas le réveil de ce jour désolé,
Le réveil des deux camps au Temple mutilé.
L'aurore, de ses feux empourpre les armures,
Et l'oreille n'entend, au lieu de doux murmures,
Que le cri de l'acier, le choc des javelots,
Et le bruit des soldats, pareil au bruit des flots.

Le faîte du Temple se dore,
Et dans les deux camps à la fois,
Sur les débris fumant encore,
L'aurore fait croître les voix.
Rome est debout, les clairons sonnent,
Les arcs et les casques résonnent,
Les troupes démêlent leurs rangs.
Sion se révèle affaissée,
Comme une couleuvre blessée
Ramasse ses anneaux souffrants.

De blasphèmes, de cris, d'injures, de menaces,
De hurlements affreux l'air se remplit encor;
Le vent de la bataille a soulevé les masses;
Mais c'est l'engagement du faible avec le fort.

Ce Temple est de Jacob la dernière colonne ;
Si la tour de David croule de ses sommets,
Poussé dans le chemin d'une autre Babylone,
Jacob est exilé, — cette fois pour jamais.

Au pic d'une montagne ardue,
Deux taureaux se heurtent du front ;
D'un torrent l'écume épandue,
Au-dessous d'eux blanchit le fond.
Mêlant leurs cornes inclinées,
Aux yeux des plaines étonnées,
Ils semblent deux marbres sculptés ;
Mais s'ils ne changent point de places,
La sueur qui couvre leurs masses
Ruisselle de tous les côtés.

Le pied s'écarte, l'œil s'allume ;
La lutte dilate les flancs ;
Des flocons d'une épaisse écume
Les larges fanons sont tout blancs.
Ils s'ébranlent. Déjà la croupe
Du taureau vaincu se découpe
Dans le vide, au-dessus des eaux ;
Un de ses pieds pend sur l'abîme ;
Il croule et tombe de la cime,
Pâture promise aux oiseaux.

Ainsi Jacob et Rome, athlète contre athlète.
Simon rugit encore au sein de la tempête :

16

Son glaive foudroyant, parmi les rangs troublés ,
Trace autour de son front des cercles redoublés ;
Il fend les casques d'or, entr'ouvre les cuirasses ,
Refoule le torrent des généreuses races ,
Et couche sous son bras un ennemi trompé ,
Croyant lui-même abattre et lui-même frappé.

Or, de Jérusalem les autres capitaines ,
Oubliant avec lui la discorde et les haines ,
Réunis par instinct dans le commun malheur,
Comme lui combattaient, prodiges de valeur,
Tout entiers aux transports d'une ardeur délirante,
Splendide et dernier jet d'une flamme mourante.
Les femmes elles-même ont pris les javelots,
Affrontant la mêlée et roulant dans ses flots.
Rachel , près de Jéhu, fait pénétrer la pointe
De l'épée ou du dard , dans l'armure disjointe,
Et , prévenant le bras du soldat frémissant ,
Sait repousser le glaive avide de son sang.
Et contre son mari plus fortement pressée
Qu'à l'arbre protecteur une vigne enlacée,
Sara , prête à finir par un sort glorieux,
S'est unie à Simon et combat sous ses yeux.

SARA.

Je te l'ai dit : Mon âme est fortement trempée,
Et si tu veux qu'un jour Sara ceigne l'épée,
Je te ferai pâlir.

SIMON.

Pas de témérité ;
Observe bien tes coups , et reste à mon côté.

PARMI LES ROMAINS.

D'un tel acharnement je n'ai pas vu d'exemple :
Amis , nous paîrons cher la prise de ce Temple ;
La flamme seulement peut en avoir raison.
— C'est qu'ils veulent mourir pour la sainte maison.

JÉHU.

(A Rachel.)

Ton ardeur est trop prompte , et , contre toi tournée ,
Tout près de nous s'agite une pique obstinée.

PARMI LES ROMAINS.

— Se prêtant le secours mutuel de leurs bras ,
Ces deux incirconcis ne se séparent pas ;
Au tronc générateur tient une double branche
D'un nœud moins fort ; ce nœud, il faut que je le tranche.
— Ils se défendent bien. — Poussons de leur côté ;
Je trouve celui-ci d'une étrange beauté.
— C'est un adolescent à ses premières armes.
— Que le frère ou l'ami va répandre de larmes !

— Vivant, il faut le prendre et le garder, mon cher :
Esclave magnifique, et que l'on vendra cher.

LE POÈTE.

Jéhu voit le danger que court sa jeune épouse,
Et son cœur s'en émeut : une fureur jalouse,
Inattendue, en lui s'éveille, et l'embrasant,
Dans l'artère qui bat fait bouillonner son sang.
Que fera-t-il ? Parfois il lui vient la pensée
Qui fuit, et qui revient pour être repoussée,
De quitter le combat, de mettre en sûreté
Celle qu'il aime : il craint le mot de lâcheté.
Ils devaient, il est vrai, vaincre ou mourir ensemble ;
Mais l'amour est l'oubli de toute chose ; il tremble
De perdre sa Rachel, et ne veut pas encor
Que l'on sèvre son cœur dè ce dernier trésor.
    Sa femme par le casque est tout-à-coup saisie :
On l'entraîne. Jéhu sent une ombre épaissie
Lui voiler le regard dans ce premier moment ;
Il éclate bientôt par un rugissement.
Le casque de Rachel, que retient la courroie,
Ne peut se dégager. — « Soldat, lâche une proie
Que le Dieu de Jacob ne te destine pas. »
    Jéhu, parlant ainsi, tombe de ses deux bras
Sur le ravisseur pâle, à ses pieds le renverse,
Le tient sous son talon frémissant, et le perce.
Rachel, libre, revole à Jéhu. De son front,
Son casque, tout-à-coup, dont le lien se rompt,

Se détache, et, roulant, a révélé la femme.
Ses cheveux répandus l'inondent. — Sur mon âme,
Un instinct me disait ce que je vois ici :
Je ne me trompais pas. — Je m'en doutais aussi.
— Par les cheveux traînée, il faudra qu'elle suive.
— Vous autres, retenez vos bras, prenons-la vive.

Quand, un jour, repliant sous lui son manteau vert,
De la rose qui naît le bouton s'est ouvert,
Et que la tendre fleur, pleine de grâce, étale
Sur sa tige épineuse une pourpre royale,
Mille insectes ailés, pour elle épris d'amour,
Forment un chœur jaloux et volent à l'entour.
Ainsi Jéhu voyait une troupe enflammée
Assiéger vivement sa Rachel bien-aimée.
Vainqueurs, ils l'ont reprise; et par de vains efforts,
A d'acharnés lutteurs plus nombreux et plus forts,
Jéhu veut résister : son œil lance la flamme.
D'un côté, sa main gauche enveloppe sa femme,
Et de l'autre, sa droite, au sein du plus hardi
Enfonce avec fureur son javelot brandi.
Mais sa vigueur s'épuise, et son regard appelle,
Afin qu'on le délivre, une main fraternelle.

Simon, non loin de là, de carnage altéré,
Vengeait sur l'ennemi l'honneur du lieu sacré ;
Il aperçoit Rachel, que par la chevelure
A saisie et qu'entraîne une jeunesse impure.
— « Sara, suis-moi, » dit-il ; et sur le groupe ardent
Il s'élance, et Sara l'accompagne. — Imprudent !
Tandis qu'avec le fer son bras s'ouvre une issue,

16*

Une fatale main, qu'il n'a point aperçue,
Frappe : Sara chancelle, et de son corps meurtri
Le sang coule. Simon se retourne à son cri.
— « Dieu! faut-il que toujours ton bras s'appesantisse?
Où donc est ta pitié? N'as-tu que ta justice?
Tout ce que j'adorais! O Dieu, c'est trop punir! »
Or, Jéhu, plein d'espoir en le voyant venir,
Tressaillait; — mais il voit Sara, dont le front plie
Comme dans un orage un lis chargé de pluie,
Dans les bras de Simon s'affaisser. — « Elle aussi!
C'en est fait maintenant; allons, mourons ici. »
Rachel de toute part était enveloppée;
Jéhu contre sa femme a tourné son épée;
Mais des bras conjurés l'enchaînent; des liens
Compriment les deux bras de Rachel et les siens.
« Lâches, tuez-moi donc; lâches, prenez ma vie...
— Abandonner Rachel quand ils me l'ont ravie!
Non, il faut vivre encor pour elle! il faut fléchir,
Et quelque sort demain pourra nous affranchir. »
Simon, pétrifié, muet, l'âme brisée,
Ne voit plus, ne sent plus, et n'a plus de pensée :
Dans son front, dans son cœur, dans le Temple, partout
C'est le chaos; ses yeux flottent, sa tête boût.
Cette lividité de Sara, corps inerte,
Tout ce sang qui jaillit de sa blessure ouverte,
Le rappellent enfin à la réalité.
Il faut, il faut céder à la fatalité.
Autour de lui tout croule, et c'est la dernière heure;
Il part : il ne veut pas que cette femme meure

Sous les pieds des vainqueurs, pour son ambition,
Pour Rachel, — sa rivale, — et pour sa passion.
Il soulève Sara, l'emporte inanimée,
— La seule, sans Rachel, qu'il eût jamais aimée ; —
Il l'emporte. Israël se trouble, tout s'enfuit,
Rome occupe le Temple, et tout s'évanouit.

II.

LE POÈTE.

Israël a passé comme passe un orage,
Comme loin des pasteurs un troupeau qui se perd.
Seuls, les prêtres sont là, n'ayant pour leur courage
Que le bois d'une pique ou des tronçons de fer.

Mais leur cœur ne saurait s'ouvrir à l'épouvante ;
Hostie, autel et prêtre, ensemble tout finit :
Le prêtre, de son temple est la pierre vivante ;
Il doit crouler avec la pierre de granit.

Si le zèle divin qui dévore leurs âmes
Nourrit en eux la haine et les transports ardents,
Ils n'ont plus que des yeux d'où jaillissent des flammes,
Que des mains pour saisir, et pour mordre des dents.

Quoi ! ne reste-t-il point le bronze de leurs siéges,
Les hâches, les couteaux, les vases de l'autel !
On recule un moment devant les sacriléges.
— Sacriléges ! non pas, nous luttons pour le ciel.

Pour écraser encore une tête ennemie,
Oh! que ne pouvons-nous, saisissant le marteau,
Briser l'autel sacré qu'on voue à l'infamie,
Renverser la colonne avec le chapiteau,

Les chérubins, la mer d'où les mains sortent pures,
Et les taureaux massifs qui soutiennent ses flancs;
Et nous ferions à Rome expier ses souillures
Avant d'être enfouis sous les cèdres brûlants ! —

Retranchés au sommet d'une forte muraille,
L'un l'autre s'excitant par des cris forcenés,
Dans un beau désespoir ils refont la bataille,
Et tiennent en échec les vainqueurs étonnés.

Ils ont enlevé tout : les coupes, les patères,
Les urnes, les mortiers, les grands vases d'airain,
Les aiguières d'argent, les énormes cratères,
Les travaux ciselés par un art souverain.

Ces métaux imprévus, ces beaux vases énormes,
Que, sur leurs flancs polis, un patient ciseau
Hérissa pour les yeux des plus diverses formes,
S'entassent sur le mur, redoutable monceau.

Comme un roc ébranlé sur un mont, l'amas croule
Sur les glaives qu'il brise et les casques houleux,
Et, dispersé, bondit çà et là sur la foule,
Heurtant contre les fronts les côtés anguleux.

— Comment! vous hésitez! quelques hommes à peine
Défendent ces hauteurs, et vous ne montez pas!
Qu'on m'apporte une échelle, et votre capitaine
Escalade ce mur, et qu'on suive mes pas.

— Les voilà! contre nous ils montent pêle-mêle :
Resserrons fortement le bataillon sacré,
Et de nos bras raidis repoussons cette échelle,
Avant qu'ils n'aient franchi le suprême degré.

Et tandis qu'ils parlaient, une mouvante masse
S'élevait, s'élevait comme une mer sans frein,
Et les prêtres voyaient s'enfler sous leur audace
Et croître menaçants les boucliers d'airain.

CAÏPHE.

Mes enfants, mes enfants, souffrez que ma vieillesse,
Puisqu'au milieu de vous le ciel encor me laisse,
Prenne part à ces jeux terribles; que sur eux,
Guerrier faible et tremblant, mais encor généreux,
Opposant ma poitrine aux pointes des épées,
Je laisse choir ces blocs de mes mains occupées.
    (Il jette une amphore.)
Bien. J'ai brisé le crâne à ce soldat hautain,
Quoique jeune, avant moi tombé sous le destin.
Gloire au ciel, mes enfants! c'est plus que du courage;
Gloire au ciel! ô transports sacrés, divine rage!
Ce sont là des crampons de fer, et non des bras.

PARMI LES ROMAINS.

— Voyez-vous ce vieillard ? Mais c'est lui, n'est-ce pas,
Qui les excite ? Il fait des tigres de ces hommes.
— Il n'en est pas de tels dans le siècle où nous sommes.
— Il faudrait remonter aux combats des géants.
— Et vous les regardez étonnés et béants !
Ne jugez point encor cette troupe réduite :
Elle vous fait rougir par sa mâle conduite.
— De mourir sur ce mur ils ont fait le serment.

(Les Romains sont prêts d'atteindre la muraille.)

CAÏPHE.

(Plein de rage.)

Avec tes dents, Jacob, sanglier écumant,
Combats avec tes dents; la vague est débordée.

LES ROMAINS.

— Je n'aurais pu d'en bas me faire cette idée.
Par Jupiter! à voir l'effort de ces Hébreux,
Certes, je les croyais quatre fois plus nombreux.

CAÏPHE.

(Avec des transports croissants.)

Jacob meurt dans sa gloire, et mon âme tressaille
A cette mort sublime.

LES ROMAINS.

Enfin, sur la muraille
Nous voilà parvenus.

CAÏPHE.

Défenseurs de Sion,
Vous avez bien vengé l'abomination :
Vos bras ont fait ici tout ce qu'ils pouvaient faire ;
Vous avez réjoui mon cœur octogénaire.

UN ROMAIN.

La corneille sinistre est là qui vit encor?
C'est depuis trop longtemps, vieillard, duper la mort.

(Il s'élance pour le frapper.)

CAÏPHE.

Je ne mourrai pas seul, et je veux à Solyme
Sacrifier, Romain, ma dernière victime.

(Il blesse le Romain qui le frappe.)

Par le vieillard qui tombe, Israël, sois béni!
Christ, à toi maintenant, notre règne est fini.

(Il expire. Le reste est tué ou dispersé.)

DIX–NEUVIÈME PARTIE.

—

Le dernier Portique.

J'ai dit : Je suis perdu.

(JÉRÉMIE, *Lamentations*, ch. III, v. 54.)

SOMMAIRE. — Il ne reste plus qu'un portique du Temple. Là se trouve entassée une foule innombrable d'Israélites de toutes les conditions, mais surtout du petit peuple, à qui on avait fait croire qu'ils trouveraient un refuge dans la maison de Dieu. Ces malheureux se voient placés entre deux morts imminentes : l'incendie et le gouffre de la vallée du Cédron. Episodes divers. Marie avec son enfant. Elle est sauvée par un soldat romain. Mort de Séphora, la coupable mère, et de toute la plèbe.

I.

LE POÈTE.

Rome étouffe Jacob. Achevant sa conquête,
Elle allume la torche, et de la base au faîte
Il croule dans le feu, ce Temple vénéré,
Où le Christ si souvent posa son pied sacré.

17

De la voûte embrasée, en pluie on voit descendre,
Roulant par tourbillons, la poussière et la cendre ;
Le madrier massif, la solive en croulant,
Passe comme un dragon dans le gouffre brûlant.
O gloire de Solyme ! ô reine de la terre !
O temple de Juda ! L'on dirait un cratère,
L'Etna, qui, dans le ciel, du fond de ses fourneaux,
Des cyclopes ardents lance les arsenaux.

Lorsque des voyageurs, dans les déserts arides
Où l'eau n'approche point de leurs lèvres avides,
Ont marché tout un jour sans trouver un abri
Et sans qu'un oasis à leurs yeux ait souri,
Ils rencontrent parfois le splendide portique,
Resté debout, d'un temple ou d'un palais antique ;
Les granits sont disjoints, par le temps entr'ouverts :
— Avec ordre rangés, tels des peupliers verts,
Isolés dans la plaine, aux bords de quelque eau vive ; —
Dans les pierres murmure une brise plaintive ;
Détaché quelquefois du monument altier,
Roule un fût, dans le sable enfoui tout entier.
Un chapiteau souvent, merveille de sculpture,
Ne pouvant soutenir la lourde architecture
De son entablement, — magnifique lambeau,
S'écroule sur le sol, où l'œil peut, du ciseau
D'Egypte ou de Syrie, et dont l'orgueil s'étale,
Surprendre, approfondir l'idée orientale.
Le voyageur s'arrête, et son enivrement,
De la soif qui le brûle a fait l'apaisement,

De ce Temple , plus magnifique
Que le Temple de Salomon ,
Il ne reste plus qu'un portique
Sur le plus haut sommet du mont ,
Où , demi nue et désarmée ,
S'entasse une plèbe affamée ,
Implorant l'appui du saint lieu ;
Mais l'autel et le tabernacle ,
Mais l'arche et la voix de l'oracle ,
Plus rien ici , pas même Dieu.

— Encore l'horrible carnage !
Encor des têtes à couper !
Auriez-vous le triste courage ,
Hommes sans âmes, de frapper
Des victimes agenouillées ,
Qui pleurent, les mains dépliées
Et les bras tendus en avant ,
En proie aux terreurs convulsives ,
Envers vous plus inoffensives
Que la feuille qui tremble au vent ?

Et pourquoi ce meurtre inutile ?
Ne vaut–il pas mieux les laisser
Dans un champ qui fut une ville ,
Pour retourner, ensemencer
Les sillons que le taureau trace ,
Pour tailler le pampre vivace

Et combler de fruits le verger,
Pour faire bondir dans les plaines,
Plonger dans les claires fontaines
Les troupeaux sous l'œil du berger?

Hélas! vers le dernier portique,
Débris de ce Temple écroulé,
Remplaçant l'épée et la pique,
La torche implacable a volé.
Du ciel la pitié descendue,
Vainement proteste, perdue
Dans l'universelle fureur;
Plus active, gronde la flamme;
Elle étreint la plèbe, et le drame,
Plus sombre, redouble d'horreur.

Le Temple, placé sur la crête
Du mont, comme un nid de vautours,
Dans Jérusalem, de sa tête
Dominait les plus grandes tours :
Sur cette hauteur escarpée,
Et comme un mur à pic coupée,
Se dresse le portique en feu;
Le vertige plane à ces cimes,
Et l'on voit au fond des abîmes
Le Cédron passé par un Dieu.

Le vieillard infirme qui tremble,
L'enfant qui bégaye un nom doux,

Et la pauvre mère qui semble
L'étouffer dans sa douleur, tous,
D'une poitrine exténuée,
Poussent des cris vers la nuée,
Aux pierres se brisent le front.
O pitié! désespoir! démence!...
Devant eux l'incendie immense!
Derrière eux le gouffre profond!

II.

(La scène représente la foule entassée sous le portique.)

UNE MÈRE.

— Être venue ici! pourquoi l'ai-je conçue
Cette affreuse idée! Oh! pas une seule issue!
Et ces pauvres enfants que j'ai menés aussi!
Noués autour de moi! — L'on peut fuir par ici;
Suivez-moi, mes enfants. — Je me trompais : ô rage!
Un mur de javelots nous ferme le passage.
On les tûrait, mon Dieu!

(S'approchant du gouffre.)

L'horrible profondeur!

Je ne puis avec eux affronter la raideur
De cet escarpement... partout la mort affreuse!
Pas un moyen, un seul, pas un!... O malheureuse!

17*

Voir sous mes propres yeux mourir ces enfants-ci !
O Dieu !

(Elle serre ses enfants avec des convulsions et du délire.)

UN PARALYTIQUE.

L'on ne vient pas pour m'enlever d'ici ?
Eh quoi ! vais-je périr sous l'horrible portique !
Voilà que mes douleurs reviennent. Sort inique !
Dieu qui te plais au mal, Dieu cruel, et comment
Ne te maudire point dans un pareil tourment !
Personne pour calmer le mal qui me dévore !
Pour me sauver, personne !

(il tente un effort pour fuir, mais ses forces l'enchaînent.)

Encore ! encore ! encore !

(S'adressant à un esclave.)

S'il te reste pour moi quelque amour, hâte-toi,
Prête-moi le secours de ton bras ; sauve-moi.
— Tais-toi, pense à la mort, car le destin me venge :
Tyran des jours passés, vois-tu comme tout change !
Te souviens-tu, vieillard, de ce temps fortuné,
Où satisfait, de myrthe et d'ache couronné,
Triomphant au milieu d'une joyeuse troupe,
Tu me criais : Esclave, emplis de vin ma coupe !
Les femmes étaient là, des éclairs dans les yeux ;
Les patères au bruit des baisers furieux,
Mêlaient leur son d'argent, et, des lambris aux dalles,
Lumières et parfums ruisselaient dans les salles.

Les os me revenaient, esclave, comme au chien :
Maintenant, comme moi, maître, tu n'es plus rien.
Pourtant, si tu voulais, il me reste un service
A te rendre : roulons au fond du précipice ;
Je t'entraîne avec moi ; veux-tu bien ? — O mon Dieu !
— Lâche jusqu'à la mort ! Je m'en vais seul. Adieu !

> (L'esclave se précipite dans l'abîme.)

UN JEUNE HOMME ET UNE JEUNE FILLE.

— Puisqu'il nous faut mourir, quand la mort nous rassemble,
N'est-ce pas un bonheur que de mourir ensemble ?
Nous allons voir ces lieux où l'on s'aime toujours.
Le Seigneur va bénir nos pudiques amours.
— La robe nuptiale et la blanche couronne,
Les colombes, l'autel, tout est prêt. — Dieu nous donne
L'espoir d'une Solyme autre que celle-ci ;
Il peut aimer là-haut qui sut aimer ici ;
Viens.

> (Ils vont se jeter dans les flammes.)

UN PÈRE ET SA FILLE.

— Fuis, ma chère enfant, n'est-il point quelque voie ?
Fuis de ces lieux : fais-moi cette dernière joie.
Que je meure, moi vieux, inutile et souffrant,
C'est naturel, ma fille, et le mal n'est pas grand ;
Mais à peine d'hier tu t'ouvres à la vie ;
Dois-tu donc à ce monde être sitôt ravie ?

Ma fille, éloigne-toi. — Que dis-tu? Que me fait
La vie en ce moment? La mort est un bienfait.
Quoi! je t'aurais cherché, parcourant toute voie,
Comme un chasseur ardent qui poursuit une proie, —
Haletante, effarée, et t'appelant toujours,
Réveillant de mes cris l'écho des carrefours,
Désolée, et baignant de pleurs mon front livide,
Plongeant dans les quartiers, dans l'ombre, un œil avide;
Et lorsque je te trouve, enfin, que je te voi,
Que je suis à tes pieds, tu dis : Eloigne-toi!
Je reste.

(Se tenant embrassés, ils attendent la mort.)

MARIE.

(Son enfant dans ses bras et courant de toute part.)

Je l'avais de cette faim terrible
Sauvé, pour lui garder une mort plus horrible!
O ma tête! ô mon cœur! ne m'abandonnez pas.
Mais des flammes partout, et cet abîme au bas!
Tous meurent lâchement! comme eux serai-je molle?
Allons à ces vainqueurs; trouvons quelque parole;
C'est un espoir : ma voix peut-être touchera
Des cœurs compâtissants, car il s'en trouvera.

(Elle vole du côté des Romains.)

Mes amis, mes amis, écoutez une mère
Qui vous demande à tous une grâce légère.
Moi, je mourrai. Pour moi, je ne demande rien;
Mais cet enfant, tenez, prenez-le, car c'est bien
De recueillir l'enfant que brise l'infortune;

Certes, vous n'avez point contre lui de rancune,
Car il est de tout crime innocent, n'est-ce point?
Dites, votre vengeance irait-elle à ce point
D'attaquer la victime encore à la mamelle?
Vous ne le ferez pas, vous aurez pitié d'elle.
Il sera, cet enfant, le vôtre; il apprendra
La victoire avec vous; quelque jour il pourra
Vous devenir utile et suivre votre trace;
Il peut vous faire honneur; épargnez-le, de grâce;
En lui vous trouverez un esclave soumis.
Si vous voulez, sur moi vengez-vous, mes amis;
Mais parmi vous sans doute il se trouve des pères;
Ils auront, s'il en est, des pleurs pour mes misères,
Et la compassion leur touchera le cœur,
Car c'est une vertu si facile au vainqueur.
Tenez, prenez-le donc, voici venir la flamme;
Mais hâtez-vous, sauvez l'enfant, laissez la femme :
Vos mains ne voudraient pas punir des innocents,
Et vous leur serez doux, comme sont les puissants.

PARMI LES ROMAINS.

— Il faut que je les sauve : elle me touche. — Certe,
Je ne te suivrai pas : c'est bien à pure perte
Que tu cours t'exposer. — Allons donc! — Jusque-là
Tu n'arriveras point. — Un défi!

    Un soldat romain se précipite à travers les flammes, et
    parvient jusqu'à Marie.)

                                M'y voilà!

MARIE.

— Mes pleurs ont pu tomber sur une âme sensible!

(Le Romain veut entraîner Marie.)

Moi! me sauver aussi! moi! serait-ce possible!
Mon espoir n'allait point jusque-là. Conserver
Sa mère à cet enfant! je vivrai! me sauver!

(Le Romain la guide avec adresse au milieu des périls, et
la mène prisonnière parmi les siens.)

III.

LE POÈTE.

Par un noir vertige poussée,
A l'aspect du rouge océan,
La plèbe, enfin, s'est élancée
Dans le précipice béant.
Séphora, la coupable mère,
Dont un enfant, mémoire amère,
Nuit et jour trouble le cerveau,
Regarde aussi dans la vallée,
Et s'élance, mais moins troublée,
Implorant un pardon nouveau.

Aux granits, hérissés de pointes,
Restent cloués des corps sanglants;

D'autres, dans les roches disjointes,
S'ensevelissent jusqu'aux flancs;
Des femmes, par leur chevelure
Pendent, retenant, ô nature!
Sur leurs seins leurs enfants broyés;
Jeunes et vieux, roulant des cimes,
S'entassent au fond des abîmes,
Dans des mares de sang noyés.

Cependant, au plus haut des nues,
Au-dessus du mont enflammé,
Planent des troupes inconnues'
D'oiseaux fauves, peuple affamé;
Troublant l'air de leurs cris sauvages,
Ils s'avancent comme un orage,
Plongent, montent, tournent en rond;
Ils planent; mais lorsque les ombres
Auront couvert ces faîtes sombres,
A grand bruit d'aîle ils s'abattront.

LIVRE CINQUIÈME.

VINGTIÈME PARTIE.

—

Le Banquet.

Que vos larmes coulent nuit et jour comme un torrent... que la pupille de vos yeux
ne se taise point.
, Les ennemis ont sifflé... Ils ont dit : Nous
dévorerons.
(Jérémie, *Lamentations*, ch. II, v. 16 et 18.)

Sommaire. — Les Romains, entourés des captifs enchaînés,
se livrent à la joie du festin. Chant des captifs, chant des
vainqueurs. Episode d'un enfant israélite. — Rachel se débat contre l'outrage. Sa fermeté. Transports, éloquence de
Jéhu. Hommage au Christ. Admiration des Romains. Jéhu
libre.

(La scène se passe sur les ruines du Temple.)

CHŒUR DES CAPTIFS.

Au Temple de Juda, j'ai vu, la main rougie,
        Entrer l'incirconcis ;
Dans le lieu trois fois saint, pour célébrer l'orgie,
        Impur, il s'est assis ;

18

Là, jetant au Seigneur qu'en vain Jacob implore,
Des blasphèmes ardents,
Il a fait contre lui, dans un rire sonore,
Briller toutes ses dents.

Au sanctuaire intime où, dans les jours de fêtes,
Eclataient autrefois,
Parmi les chœurs sacrés, cymbales et trompettes,
Il fait rugir sa voix :

Et le Temple n'est plus, emporté par l'orage ;
Chaque pierre à grand bruit,
Du lieu qu'elle occupait, comme prise de rage,
Bondissante, s'enfuit.

Les murs pleurent, voyant de la maison divine
Le marbre dissipé,
Pareils aux corps vieillis qui tombent en ruines,
Quand la mort a frappé.

Ces portes qu'admiraient les tribus éblouies,
Si hautes, désormais
Nous laissent découvrir, sous la terre enfouies,
A peine leurs sommèts,

A travers cet amas de ruines croulées
Sur leurs entablements,
r la main de la guerre autour d'elles roulées,
Comme des ossements :

Sous ces granits viendra la hideuse vipère
    Glisser et se tapir,
Et l'avide renard, s'y creusant un repaire,
    Dans ses ombres glapir.

CHŒUR DES ROMAINS.

Nos premiers dictateurs, au retour des victoires,
Baignaient, en se courbant, des sueurs de leur front,
Le soc qui, sous leurs mains, tranchait les glèbes noires,
Et reprenaient le casque à l'appel du clairon.

Eux-même ils élevaient la muraille de terre
Et tressaient pour leurs toits le chaume des bergers;
La pauvreté couvrait la table solitaire
Des légumes, des fruits, du vin de leurs vergers.

Viril enfin, le peuple a brisé sa ceinture;
L'athlète s'est posé; ses pâles ennemis
Tremblent au jeu puissant de sa musculature,
Et sous son large pied baissent un front soumis :

Alors Rome aperçoit sur la rive lointaine
Carthage qui régnait, maîtresse de la mer;
Jalouse tout-à-coup de la cité hautaine,
Les yeux vers le rivage, elle aiguise le fer.

L'Italie est domptée, et l'Afrique, son rêve,
Appelle sur les flots son regard éperdu,

Quand un vaisseau punique, échouant sur la grève,
Vient s'étendre à ses pieds, modèle inattendu.

Rome ne sachant pas livrer les blanches voiles
Au vent qui fait grincer le câble, aux mille nœuds,
Ne lançait pas encor, lisant dans les étoiles,
Sur le gouffre toscan le sapin résineux.

Elle part, elle part. En vain, sous sa galère
Bondit avec ses chiens l'aboyante Scylla :
L'océan monstrueux, hérissé de colère,
N'entend que ce cri seul : Carthage ! — La voilà !

On dirait, à les voir, deux génisses superbes
Qui, les fronts abaissés, s'attaquent sur les monts,
Et dont l'une, sanglante, a rougi dans les herbes
La corne qu'elle sent clouée à ses poumons.

Sur ses palais détruits, sur sa chute profonde,
L'opulente cité verse des pleurs amers ;
Et Rome, désormais, pour dépouiller le monde,
Envahit tous les cieux, franchit toutes les mers.

A nous donc aujourd'hui les riches laticlaves,
Et les maisons de marbre et les cirques aimés ;
Les rois viennent eux-même, avec leurs mains d'esclaves,
Couronner, gémissants, nos cheveux embaumés.

La chair, le sang de l'homme engraissent nos murènes ;
Sur nos tables les daims s'amoncellent fumants ;

Les peuples, pour nos jeux, luttent dans les arènes;
Nous semons des villas sur les flots écumants.

Vainqueurs de l'Orient, nous voilà dans ce Temple
Enchaînant le troupeau d'Israël odieux;
Jaloux, de ses hauteurs, l'Olympe nous contemple
Buvant sur les autels dans la coupe des dieux.

LES CAPTIFS.

Devant Dieu, vainement pour lui demander grâce
    J'ai plié les genoux;
Il a fermé l'oreille, et, retirant sa face,
    S'est éloigné de nous;

Ses mains contre mes cris élevant des nuées
    En épaisses parois,
Mes prières d'en haut, pâles, exténuées,
    Me reviennent sans voix.

Son bras tombe sur moi, comme dans la mêlée
    Un bouclier pesant
Etouffe sous l'airain de sa peau redoublée
    Un ennemi gisant;

Il a précipité son joug infatigable
    Qui s'abat, tout-à-coup,
Sur ma tête domptée, et, collier implacable,
    Se ferme sur mon cou.

Les vieux se sont assis, penchant leurs blanches têtes
    Sur les débris récents;
Ils pleurent, mais sans bruit, et ces douleurs muettes
    Navrent les fils présents;

Et les enfants au cou des mères désolées
    Jetant leurs petits bras,
Disent, — et celles-ci n'en sont que plus troublées, —
    « Mère, ne pleure pas. »

A votre vigne, ô Dieu, vous envoyez l'outrage;
    Lorsque le fruit est mûr,
Votre main vengeresse appelant le ravage,
    Autour sape le mur;

Afin que s'engouffrant dans les pampres opaques,
    Dont le rameau se tord,
Les bêtes des forêts, par leurs vives attaques,
    Brisent les grappes d'or :

Elle ne sera plus, cette vigne couchée,
    L'objet de votre soin,
Puisque les sangliers vous l'ont ainsi hâchée
    Et dispersée au loin.

(Le festin continue. Dans un des groupes, un enfant israélite, d'une beauté remarquable, sert d'échanson aux
vainqueurs.)

UN ROMAIN.

(A l'enfant.)

Approche, bel enfant, digne d'aller aux cieux
Présenter le nectar à la troupe des dieux,
Approche. Qu'un sourire éclaire ton visage.
Mais plus je le contemple et plus c'est son image;
Mais c'est lui tout entier; oui, même velouté,
Même grâce de port, même œil, même beauté.

(L'enfant roule une larme dans ses yeux.)

(Avec quelque sévérité.)

Par ce triste regard n'assombris point la fête;

(Plus doucement.)

Viens renouer ces fleurs, cher enfant, sur ma tête;
Dans l'urne qui s'éteint vois-tu ce feu mourant?
Rends-lui la vie avec le cinname odorant.

(L'enfant jette des parfums dans l'urne.)

C'est bien.

(Avec une grande douceur.)

Ranime aussi les roses de ta joue.

(Il passe la main dans les cheveux de l'enfant.)

J'aime ta chevelure ardente qui se joue
Sur ce col éclatant par bonds capricieux;
J'aime encore cet œil qui réfléchit les cieux;
J'aime dans sa candeur ce visage splendide !

(L'enfant pleure. — Avec sévérité.)

Sur un front de quinze ans je ne veux pas de ride;
Enfant, ne pleure pas, et que ce front divin,
Plus poli que l'ivoire...

(L'enfant pleure toujours. — Avec emportement.)

Encore! allons, du vin !
Je veux, en ton honneur, vider cette patère.

(Après avoir bu, il tend de nouveau la coupe. L'enfant
cherche à contenir ses larmes; il veut le servir; mais il
n'en a pas la force.)

Ta main tremble, je crois.

(Avec douceur.)

Je comprends le mystère.

Plein de larmes, ton cœur ne peut les contenir;
Il faudra qu'il déborde au cruel souvenir
D'une mère, — une tige, hélas! qu'aura couchée
L'orage sur le sol. Et toi, fleur détachée,
Toutes tendres encor, tes fibres, n'est-ce point,
Tes fibres saignent?

(L'enfant laisse tomber l'aiguière et s'échappe en sanglots.)

Bon! maladroit à ce point!
Tu m'irrites, esclave.

(Le Romain est pourpre de colère et d'ivresse. L'enfant va
chercher une autre aiguière. — Dans un groupe distant
de celui-ci, des Romains s'approchent de quelques captives.)

PARMI LES ROMAINS.

— Vous n'avez donc pas d'âmes !
Vous insultez Vénus, traitant ainsi des femmes
Qui n'ont pour tout plaisir à donner que des pleurs :
Vénus ne sourit pas au milieu des douleurs.
— Mais moi je connais l'art de consoler. — Les larmes
Ne me déplaisent point, et relèvent les charmes.
— C'est vrai. — La rose humide a des parfums plus doux.
— Qu'on m'apporte du vin, je vous laisse vos goûts.

(Un Romain, parmi les captives, distingue Rachel et veut
l'entraîner. Rachel se débat.)

LE ROMAIN.

— Eh bien ! belle captive, on se révolte ! on ose
Au triomphateur...

(Rachel saisit un couteau sur une des tables, et le plonge
dans le cœur du Romain, qui tombe.)

Ah !

LE PREMIER ROMAIN.

(Avec ironie.)

L'épine est sous la rose.

(Rachel, le couteau sanglant à la main, s'élance d'un
bond vers son mari, enchaîné parmi les captifs, coupe
ses cordes, et lui remet le couteau.)

RACHEL.

Défends-moi, défends-toi.

(Tumulte.)

PLUSIEURS VOIX PARMI LES ROMAINS.

Qu'est-ce là ? — Qu'est-ce là ?

JÉHU.

(Avec une rage étouffée, en montrant Rachel.)

Un seul homme parmi tant de femmes; voilà.

(Tenant Rachel embrassée.)

Femme que la pudeur rend mille fois plus belle,
Si forte dans les maux, si fièrement rebelle,
Qui changes la défaite en triomphe pour moi,
Car d'esclave avili je suis devenu roi,
Sur mon sein, c'est ta place. Et maintenant, qu'on vienne
Si nous mourons, tu rends ta vie avec la mienne :
Un instant séparés, Dieu nous a réunis
Pour une même mort. O Dieu ! je te bénis !

LES ROMAINS.

Qu'on arrache à l'époux l'épouse bien-aimée,
Et qu'on la prostitue aux valets de l'armée.

(Des soldats s'avancent pour s'emparer de Rachel.)

JÉHU.

(Levant le couteau.)

L'ai-je bien entendu?

RACHEL.

(A Jéhu.)

Frappe, mon cœur est fort.

(Jéhu frappe, puis, d'une voix terrible, tenant contre sa
poitrine Rachel palpitante.)

Eh bien! qu'ils viennent donc prostituer la mort.
Elle est libre. A mon tour, je le serai. L'esclave
Reprend sa liberté par ce fer, et vous brave.
Moi! moi courber le front pour servir à vos jeux!
Moi tomber pour toujours dans ce gouffre fangeux!
L'homme marcher l'égal de la bête de sommes!
Je fus puissant aussi. J'avais un troupeau d'hommes
Qui pliait sous ma main, qui tremblait à ma voix;
Mais je ne voyais point alors ce que je vois.
Souffrir et refouler ses colères! Pas d'armes
Contre la honte! Avec son pain boire ses larmes!
Non, je ne voyais point, je ne comprenais pas;
J'étais monté trop haut pour regarder si bas.
Aux maîtres maintenant passe la servitude;
Je suis devenu chose, et sens votre main rude
Qui pèse sur moi. Mais l'orgueil, ce souverain
Qui s'affaisse dans l'âme accoutumée au frein,

Est debout dans la mienne. Il rugit ; il secoue
Ces fers que l'Italie a portés. Cette boue
Dans laquelle vos mains m'ont plongé tout vivant,
Je suis sûr d'en sortir, malgré vous. — Mais avant,
O Christ de Nazareth, Christ, dernier des prophètes,
Dont le sang, m'a-t-on dit, retombe sur nos têtes,
Sois loué. Mon esprit s'est ouvert, et je vois.
Nos pères ont péché, te clouant sur la croix ;
Je te rends gloire, ô Christ ! à cette heure suprême,
Et je me sens chrétien.

(Tumulte.)

LES CAPTIFS.

Anathème !

JÉHU.

(Avec amertume.)

Anathème ?

Ils ne comprennent pas notre expiation ;
Les crimes paternels ont fait crouler Sion ;
Ils font que le Jourdain coule esclave du Tibre ;
Ils ne comprennent pas.

LES CAPTIFS.

Sois maudit !

LES ROMAINS.

(Ravis de la grandeur de ce caractère.)

Qu'il soit libre.

(Jéhu allait se frapper du couteau. Il s'arrête étonné, et soulevant le corps de Rachel, qui n'est point mortellement blessée, il l'emporte et fuit de l'enceinte. Tumulte parmi les Romains et les captifs.)

———————

VINGT-ET-UNIÈME PARTIE.

—

Les Catacombes.

Je connais mes iniquités, et mon crime
est toujours contre moi.

(*Psaume* L, v. 5.)

Les richesses qu'il a dérobées, il les vo-
mira : Dieu les lui retirera du fond des entrailles.

(JOB, chap. xx, v. 15.)

SOMMAIRE. — Une foule d'Israélites cherche un refuge dans les
Catacombes. Sara, guérie de sa blessure, y pénètre avec
Simon et s'égare. — Angoisses de Simon, qui l'appelle. —
Rencontre de Simon et de Giscala. Duel. Sara est retrouvée.
— Lutte de sentiments. — Invasion des Catacombes par
l'ennemi. — Simon éclairé d'en haut. — Mort des deux
époux. — Mort de Sadoc dans une excavation des Cata-
combes.

I.

LE POÈTE.

On a vu quelquefois, dans une nuit d'orage,
Les célestes torrents emporter avec rage
Les cabanes, les chars, les moissons, les troupeaux.
Le soleil reparaît, et tout dans le repos

Est rentré. Les torrents précipités des nues,
Pour disparaître ont pris des routes inconnues. —
Jérusalem n'a plus son tumulte et ses cris ;
Jacob s'est écoulé comme des flots taris.

Solyme a des caveaux, retraites ténébreuses
Qu'une main divisa par des routes nombreuses,
Et dont le noir silence inspire la terreur :
Les plus sombres forêts présentent moins d'horreur
Au voyageur perdu sous ces profondes voûtes,
Que les piliers géants qui partagent ces routes,
Et dont les corps massifs redoublent une nuit
Où pas même un rayon ne s'égare et ne luit.

Des torches tout-à-coup projettent leur lumière ;
Eperdus, et souillés de sang et de poussière,
Pénètrent dans ces lieux, des tisons dans leurs mains,
De pâles fugitifs échappés aux Romains,
Secouant à la fois, dans l'ombre constellée,
D'un sapin résineux la flamme échevelée,
Qui semble s'égarer de pilier en pilier,
Courir, monter, descendre et se multiplier.

Ils se heurtent, cherchant au fond de ces retraites
Des détours inconnus et des portes secrètes,
Avec la double horreur du fer qui les poursuit
Et des voiles épais d'une éternelle nuit.
Près de la torche où tremble une dernière flamme
Et que cherchent ses doigts, l'un exhale son âme,

Tué par le vautour de la faim, et le sang
Chez l'autre, en longs ruisseaux s'échappe de son flanc.

Une voix a roulé sous la voûte sonore :
Elle appelle Sara, Sara, l'appelle encore ;
Et sourde à cette voix, Sara ne répond point ;
Mais ce nom qu'il entend, l'écho le dit au loin.
Nommant toujours Sara, comme pris de démence,
Simon court et s'enfonce en cet abîme immense,
Fouillant dans l'ombre épaisse, et le flambeau qu'il tient,
Comme un feu sur des lacs, vole, passe et revient.

Il lutta jusqu'au bout, athlète infatigable ;
Mais il comprend du sort l'arrêt irrévocable ;
Il est seul maintenant, abandonné des siens ;
Et perdant gloire, amour, fortune, tous les biens,
Il ne lui reste plus qu'une seule pensée :
Cette femme, Sara, qu'il a tant offensée,
Qu'il adore aujourd'hui, mais trop tard, sur ses pas
Dans ces lieux égarée, et qu'il ne trouve pas.

Il appelle toujours ; étoilant les ténèbres,
Passent autour de lui mille torches funèbres :
La sienne est là, sans doute, ou, faute d'aliment,
Dans l'ombre de ces lieux s'est éteinte en fumant.
Son angoisse redouble. — Où Sara peut-elle être ?
Eperdue, elle cherche à son tour. — Mais peut-être
De ces lieux effrayée, elle est de leur enfer
Imprudemment sortie et tombe sous le fer.

Dans cette épaisse nuit plongeant un œil avide,
Cherchant de toute part, de chaque front livide
Comme celui d'un mort qui s'éveille au tombeau,
Le fils de Gioras approche son flambeau.
Hélas ! ce n'est pas elle. Il gémit. Une flamme
Tout-à-coup s'est heurtée à la sienne. Sa femme ?
Non, mais son cœur palpite et s'enfle. Qu'est cela ?
Un fantôme odieux, son rival, Giscala.

A l'aspect l'un de l'autre ils reculent ensemble :
Giscale aurait-il peur ? est-ce que Simon tremble ?
On ne le pense point. Confondant leurs efforts,
On les a vus tous deux, sur la cime des forts,
Lutter contre le camp, ou, quittant les murailles,
Ruisseler de sueur au milieu des batailles,
Et leurs flancs soulevaient leurs cuirasses. La peur
N'approchera jamais de ces hommes de cœur.

Mais à l'heure suprême où Solyme succombe,
L'aspect de ces caveaux creusés comme une tombe,
L'horrible souvenir de leur rivalité,
L'épouvantable deuil de toute une cité
Dont les quartiers, avant si populeux, sont vides,
Ou que l'on voit remplis de cadavres livides;
Un siége ayant coûté tant de nuits, tant de jours,
Leurs vœux jamais remplis et tant de maux toujours;

Leur chute humiliante, — eux hier dans les nues, —
De leur espoir trompé leurs âmes revenues,

Puis, la pensée amère et la conviction
Que Jacob eût vécu sans leur ambition,
Ou bien, son rival mort, que l'un d'eux dans Solyme
Au sommet du pouvoir se fût assis sublime,
Tout cela dans leurs cœurs fait gronder sourdement
La foudre qui dormait de leur ressentiment.

Ils semblent amasser lentement cet orage,
Et leurs seins haletants se gonflent sous la rage;
Ils ne se parlent pas, car ces caveaux affreux
Et les événements parlent assez pour eux.
Que ne dit point Solyme en croulant sur leurs têtes?
Puis, comme les douleurs, les haines sont muettes;
D'ailleurs, à la clarté de leurs feux vacillants,
Ils donnent un langage à leurs regards brûlants.

Dans une main l'épée et dans l'autre la flamme,
Se mesurant des yeux, ils ont croisé la lame;
Ils ont oublié tout, hormis un sentiment,
Et la vengeance en eux vit seule en ce moment.
Le fugitif qui passe, au grincement du glaive,
A l'éclair de l'acier qui tombe et se relève,
Jette un cri d'épouvante et s'arrête, écoutant,
L'œil agrandi, le pied suspendu, palpitant.

On entend un bruit sourd qui révèle une chute.
L'un des deux par sa mort a terminé la lutte :
Aux pieds de son vainqueur se roule Giscala,
Simon pétrifié, debout, est resté là :

Ce caveau plein d'horreur, cette torche, ce glaive,
Ce cadavre sanglant, tout lui paraît un rêve,
Car son ressentiment tombe soudain, plus prompt
Que le roc ébranlé roulant du haut d'un mont.

Aux sanglots étouffés de ce râle suprême,
Il pleure son rival, il se maudit lui-même;
Son passé reparaît; le remords revenu
Retourne dans son cœur un aiguillon connu.
JOh! qu'il voudrait pouvoir se fuir lui-même, comme,
  érusalem croulant, resté seul, il fuit Rome!
Coupable envers le ciel, coupable envers l'honneur!
Mais il est réveillé par un cri de bonheur.

— C'est lui! c'est lui! — Sara! — Non, ce n'est pas un songe
Non, c'est bien lui! — Sara!... Ce serpent qui me ronge
S'attaque à ce dernier, au plus pur sentiment.
J'espérais me guérir et renaître en t'aimant;
Mon ambition morte et la lutte achevée,
Je ne voulais plus rien, mon Dieu, qu'elle sauvée;
Je voulais en Sara pour toujours absorbé,
Lui rendre tout l'amour que je lui dérobai;

Mais je perds tout, jusqu'à ce sentiment suprême;
J'entends toujours en moi l'implacable anathème.
Fuis, hâte-toi de fuir, Sara; laisse Simon
Sous cette sombre voûte en proie à son démon.
Tiens, regarde, sa main toujours me pousse au crime;
C'est du sang de Jacob; reconnais ma victime...

Je dois te faire horreur; écoute, sauve-toi;
Je te serais fatal, oublie et laisse-moi.

— Te quitter! le crois-tu? Peux-tu faire ce rêve?
— Il faut ici, Sara, que mon destin s'achève;
Va quelque part, et loin de ma calamité,
Chercher des jours de paix et de sérénité :
Pour toi que si longtemps éprouva le martyre,
Chaste épouse, le ciel garde encore un sourire;
Moi, je n'ai plus ici, rebelle foudroyé,
Qu'à vendre cher un sang qui me sera payé.

— Non, je meurs, si tu meurs. Oh! je ne suis pas lâche!
Ta femme jusqu'au bout accomplira sa tâche :
Que me font les Romains et que me fait la mort?
Ma vie est en toi seul et ton sort est mon sort.
Homme étrange! tu veux, tu ne veux point. Ta vie,
Tu me la dévouais, et tu m'avais suivie;
Tu la reprends encor, pleurant tes jours passés :
Moi, je ne sais plus rien. Te voilà! c'est assez.

— Quel trésor méconnu de pitié, d'amour tendre!
Et j'avais cependant un cœur pour le comprendre !
Mais ce cœur était plein de basses passions ;
Il ne vous avait plus, chastes émotions !
Le ciel pour me punir vous rend à moi plus vives.
Que faut-il? Ton amour m'entraîne. — Que tu vives.
— Femme, tu me rends faible; ô prodige étonnant !
Je recherchais la mort, je la crains maintenant.

19*

— O parole sacrée, ineffable harmonie !
Soyez bénis, caveaux ; heure, soyez bénie
Où je l'entends sortir de ce cœur déchiré,
Même dans ses erreurs toujours grand, toujours vrai !
Viens, suis-moi, je te guide. Il est ici sans doute
Quelque porte qui mène au désert; viens. — Ecoute.
— Ce sont des frères ; viens. — Nous ne pouvons sortir
De ces caveaux : j'entends des armes retentir.

Tout-à-coup, en effet, le fracas des armures
S'engouffre et se prolonge en ces cryptes obscures.
Les ennemis ont cru qu'à leurs yeux éblouis
Allaient se dévoiler des trésors enfouis.
Ils viennent plus nombreux que les oiseaux de proie
Dont la bande au-dessus d'un cadavre tournoie
Avec des cris aigus, étend l'aile qui bat,
Hérisse autour du cou ses plumes et s'abat.

— Toi mourir ! J'avais fui pour qu'elle fût sauvée !
Toi mourir ! Il le faut, ton heure est arrivée :
Innocente, étrangère à toute passion,
Je te fais partager mon expiation !
— Je meurs, mais avec toi, je suis contente. Un glaive !
— Le cri de mes remords jusques à toi s'élève :
Puis-je espérer, ô Dieu, que tu pardonneras,
Quand ma faute m'accuse ? — Il nous tend ses deux bras.

Oui, Seigneur, oui, Seigneur, tu reçois nos deux âmes ;
Elles montent ensemble à toi comme deux flammes.

— Que vois-je? Dieu nouveau, docteur d'une autre loi,
Toi, que l'on dit sauveur, ô Christ, serait-ce toi?
Désir des nations, éclaire ma pensée :
Lumière, ah! si plus tôt tu l'avais traversée,
J'aurais été meilleur. Salut, ô méconnu!
Salut, Crucifié! le Messie est venu.

Cependant, les vainqueurs, avec des cris de rage
Les entourent. Simon frappe, foudroie, et nage
Dans le sang ennemi. Plus forte par l'amour,
Du fer de Giscala Sara s'arme à son tour.
Mais le nombre l'emporte, et d'une javeline
La pointe a pénétré dans leur mâle poitrine ;
Une étreinte suprême enlace les deux corps,
Qui roulent expirants sur un monceau de morts.

II.

(Sadoc, caché dans une excavation profonde des
Catacombes, où il ne peut entendre le bruit
des pas des fugitifs qui passent au-dessus de
sa tête, contemple avec ravissement les richesses les plus précieuses, en or, en argent, en
airain, qu'il a pillées pendant le siége et qu'il
avait amassées dans ce lieu. Une torche est
attachée à une paroi.)

Vengé! vengé de tous! à tous j'ai survécu,
Et bien plus triomphant que Rome, j'ai vaincu

L'esclavage, la mort, la faim, l'ignominie.
Seul, aux convulsions de la grande agonie,
J'échappe. Les douleurs qui se gorgent de sang,
Qui de Jérusalem ont épuisé le flanc,
Ont passé sans me voir, et, poursuivant les mères,
Ont couru s'abreuver de leurs larmes amères.
Vengé, vengé de tous! Je me plaignais à tort;
Du sort abandonné, j'ai su tromper le sort.
L'esprit est préférable à la beauté stupide,
Masque qui fait pitié sur une tête vide;
L'ange avec sa candeur ne vaut pas le démon.
J'ai dupé Giscala, j'ai fait tomber Simon,
Mes ruses ont ourdi la plus habile trame;
Mais je me suis toujours brisé contre la femme.
Pour elle il m'a fallu livrer ma bouche au frein,
Moi! moi qui me sentais l'âme d'un souverain!
Mais à mon tour! Jamais démolisseur de villes
Qui s'engraisse du sang des discordes civiles,
Jamais prince, empereur, satrape, jamais roi
Ne pourra se flatter d'être aussi grand que moi.
Je règne; c'est donc vrai! Femmes, beautés splendides,
Sans amour, sans pitié quand mes mains étaient vides,
Pourriez-vous refuser, quand je roule dans l'or,
D'échanger avec moi trésor contre trésor?
Trop longtemps pour mon cœur vous fûtes décevantes;
Vous viendrez, vous viendrez. Femmes, roses vivantes,
Dont le parfum, la grâce a frustré mon amour,
Je vous tiendrai donc là, sous mon œil de vautour!
J'appelle, ne bornant en rien ma fantaisie,

Toutes les voluptés de la brûlante Asie ;
Sur des roses, parmi les parfums odorants,
Les fins tissus, je veux les baisers enivrants,
Le sourire amolli, les amoureuses luttes ;
Cependant, gémiront les lyres et les flûtes
Sous les doigts de l'esclave, et, me versant du vin,
Un enfant magnifique au visage divin...

(La lumière de la torche ayant été aperçue au travers des interstices, deux soldats qui fouillaient partout trouvent l'entrée du caveau de Sadoc, et s'y introduisent.)

SADOC.

(Anéanti.)

Oh !

LES DEUX SOLDATS.

Que vois-je? — O fortune! — O travaux de la guerre,
Vous êtes oubliés ! — Par Hercule ! — Cerbère,
Et pourquoi, réponds-nous, tous ces trésors qu'ici
Nous trouvons entassés?

(Un d'eux lève son javelot et le perce.)

Pour nous? C'est bien, merci.

VINGT-DEUXIÈME PARTIE.

La Fuite au désert.

Le peuple qui l'aura renié ne sera plus
son peuple.

(DANIEL, chap. IX, v. 26.)

SOMMAIRE. — Tous ceux qui ont pu se soustraire au fer de
l'ennemi et à la captivité, s'enfuient dans le désert. Au
nombre des fugitifs se trouvent Jéhu et Rachel, montés sur
un cheval. Jéhu console son épouse pleurante, et lui prédit
des jours meilleurs. Une voix surhumaine se fait entendre à
tous les fugitifs, qui leur reproche la mort du Christ et les
condamne à une vie errante au milieu des nations. Jéhu
renouvelle sa promesse de se faire chrétien, et Rachel, à son
tour, ouvre les yeux à la lumière céleste.

(La scène se passe dans le désert, aux portes
de la ville ; on aperçoit au loin Jérusalem,
toute rouge encore des flammes qui la
consument.)

RACHEL.

(A Jéhu.)

J'ai perdu mon bonheur, ma couronne de mère :
Depuis que tu n'es plus, ô victime trop chère,

Enfant, je ne sais point pourquoi je vis encor.
Que nous sert, mon Jéhu, d'échapper à la mort ?

JÉHU.

Cette fleur renaîtra dans une fleur nouvelle :
Fuyons dans le désert, le désert nous appelle ;
Allons le féconder ; par nous il germera :
Comme un vallon de Gad il s'épanouira.
De notre sang mêlé formons les grandes races ;
Comme autrefois Nemrod, chasseur aux fortes traces,
Dans les sables d'Ammon portant mon pas actif,
Je deviendrai le chef d'un peuple primitif :
Reprenant de Jacob l'existence flottante,
Partout nous déplîrons et replîrons la tente.
Je suis las des cités, las des commotions
Qui s'élèvent toujours du lac des passions.
Repoussant loin de nous, par la flèche ou l'épée,
Des hordes du désert l'invasion trompée,
Formons-nous aux périls, ou, poursuivant le daim,
Par la course achetons le plaisir de la faim.
Nous ne traînerons plus des corps paralytiques ;
A nous la beauté mâle et les forces antiques,
La chevelure épaisse et les muscles d'acier,
L'œil qui roule du feu, comme l'œil du coursier,
La poitrine puissante où le fer glisse et passe
Comme sur le métal poli de la cuirasse,
L'épaule infatigable, et que ne peut plier,
Soulevé de l'autel, le poids d'un bœuf entier ;

Le flanc impénétrable où la vaine morsure
Tu tigre terrassé laisse une égratignure,
Lorsque s'affermissant comme un pilastre fort,
Tranquille, d'un seul coup, le chasseur l'étend mort.

RACHEL.

O Solyme ! ô patrie ! ô grandeur éclipsée !

JÉHU.

Détourne d'un tombeau tes yeux et ta pensée ;
Regarde le désert. Jérusalem s'en va
Où les grands tourbillons, souffle de Jéhova,
Ont poussé Thèbes, Tyr, Ninive, Babylone ;
De Dieu depuis longtemps la colère bouillonne :
Sa coupe en était pleine.

RACHEL.

                    O peuple désolé !
O maison de David ! ô saint Temple écroulé !
Quelle main désormais, au jour des sacrifices,
Des troupeaux à l'autel offrira les prémices ?

JÉHU.

Le Temple n'était pas, on priait sur les monts.

RACHEL.

Que dis-tu? les hauts lieux sont faits pour les démons.
Sabaoth veut un temple. O sagesse éternelle,
Quand verrons-nous paraître une Sion nouvelle?
Quand l'espoir du retour nous sera-t-il rendu?

(Une grande voix se fait entendre dans le désert.) (1).

LA VOIX.

Jamais, jamais, jamais.

RACHEL.

N'as-tu pas entendu?

LA VOIX.

J'ai jeté sur le sol sa couronne murale.

RACHEL.

Fuyons, presse les flancs, Jéhu, de ta cavale,
Car je tremble.
                        (Le cheval court.)

---

(1) Je me suis cru autorisé, par licence poétique, à employer
à ma façon cette voix *historique* qui avant le siége s'éleva du
Temple, et dont parle Tacite lui-même : EXCESSISSE DEOS.

LA VOIX.

Du sein de mon éternité
J'ai rugi contre vous,, contre votre cité.
Hurlez, peuples, hurlez, roulez-vous dans la poudre ;
Les temps sont révolus, j'ai fait partir ma foudre.
Le soc du laboureur, dans Sion passera,
Comme il passe en un champ. Solyme ne sera
Que pierres en monceaux. Pleurez sur vos provinces,
Pleurez sur vos enfants, vos prêtres et vos princes ;
J'ai brisé Benjamin, ce vase de haut prix ;
Je le foule à mes pieds. Le rire du mépris,
Sonore, sans pitié, sur ces grandes ruines,
Va secouer les flancs des nations voisines.
Mon Verbe est sur le monde, et tout le genre humain
Sera mon nouveau peuple, — excepté Benjamin.
Benjamin dans les cieux faisait flotter sa cime ;
Il s'épanouissait dans Galaad ; sublime,
Il voyait accourir avec des bruits confus
Mille peuples divers sous ses rameaux touffus.
A son ombre il voyait se croiser mille sectes
Glorifiant mon nom dans mille dialectes ;
Où donc est-il ? Mon doigt à peine l'a touché,
Il n'est plus, le voilà sur la terre couché.
Ses rameaux enlevés à la terre natale (1)
Conserveront encor leur vertu végétale,

(1) Dispersion des Juifs.

Et, poussés par mon souffle, iront aux quatre vents,
Parasites, s'enter sur mille arbres vivants;
Mais lui, desséché, nu, dépouillé de sa force,
Cadavre, l'on verra s'écailler son écorce;
Le lézard glissera dans son flanc entr'ouvert (1),
On entendra le bruit des tarières du ver,
Qui jusques à son cœur creusant des galeries,
Travaillera, tranquille, à ses hôtelleries.

(Le cheval court.)

PARMI LES ISRAÉLITES FUGITIFS.

— Cette voix, cette voix me remplit de terreur.
— Jéhova contre nous fait souffler sa fureur.
— L'avenir le plus sombre à mes yeux se découvre.
— Je n'irai pas plus loin, ma blessure se rouvre;
Je veux ici mourir et voir en expirant
Jérusalem crouler dans le feu dévorant.

(Les Israélites tombent à genoux.)

LA VOIX.

C'en est fait, c'en est fait; contre vous ma vengeance
Se réveille et maudit ma trop longue indulgence.
Mon carquois s'est ému, ma flèche a dit : J'irai,
J'irai, je frapperai, je me rassasirai.
Ne croyez pas encor ma colère épuisée.
Qu'est devenu celui, verbe, manne, rosée,

---

(1) Les Musulmans.

Que j'envoyai du ciel, qu'une Vierge enfanta ?
Vous avez de son sang baigné le Golgotha.
Vous allez expier. Comme autrefois Gomorrhe,
J'abandonne Solyme au feu qui la dévore.
Fuyez, courez fléchir comme des mendiants,
Aux portes des cités, vos genoux suppliants.
On se reculera d'horreur à votre approche ;
Vos larmes, comme l'eau qui glisse sur la roche,
Glisseront sur les cœurs, et ne toucheront point
Ceux qui verront en vous les meurtriers de l'Oint.
Que l'un de vous se montre, à l'oreille, à voix basse,
Les chrétiens se diront : « Le voyez-vous qui passe ? »
Et, soit que vous viviez sous un soleil ardent,
Soit sous le ciel lointain du brumeux Occident,
Que vous aimiez les lois du Scythe ou de l'Ibère,
Ou suiviez du Saxon la fortune prospère,
Sur vos fronts, dans vos yeux, un signe accusateur
Révèlera toujours le sceau réprobateur.

(La voix se tait.)

JÉHU.

Rachel, ne tremblons point à cette voix suprême ;
Non, non, ce n'est pas nous qu'elle menace ; vien
Te ranger avec moi sous le joug du chrétien
Et te régénérer dans les eaux du baptême.

Le Christ va nous conduire aux pâturages gras,
Aux terres de la paix, aux bienheureuses rives

Où nos lèvres boiront dans les sources d'eaux vives,
Qui tombent du Sauveur et ne tarissent pas.

Notre espérance en lui ne sera point trompée;
Quand je devrais marcher dans l'ombre de la mort,
Je ne redoute rien; par lui je serai fort
Contre la flèche aiguë et le fil de l'épée.

RACHEL.

(Avec exaltation.)

O lumière divine! ô changement de foi!
Singulières ardeurs de mon âme ravie!
Tu me fais entrevoir une nouvelle vie :
Jéhu, je suis chrétienne, et le suis avec toi.

(Ils s'enfoncent dans le désert.

ÉPILOGUE.

✦✧✦

Vision du poète.

(Transporté en idée sur les ruines encore fuman-
tes de Jérusalem, seule et silencieuse comme
le désert qui l'environne, le poète, à l'heure
de sa méditation, croit voir se dresser devant
lui les deux principes éternels du bien et du
mal, le roi de la paix et le roi des ténèbres, le
Christ et l'Antéchrist. Un dialogue s'établit entre les deux principes qui se disputent l'humanité. Éloquence de Satan. Réplique triomphante du Christ. Vaincu, Satan s'éloigne en
jetant un cri de désespoir.)

L'ANTÉCHRIST.

(A part, et troublé en voyant le Christ.)

Tu n'es que vanité, puissance décevante,
Et pourtant, je suis fort, je le suis, je m'en vante.

Je fais et je défais parmi les nations ;
Je soulève à mon gré les révolutions ;
Je tiens, depuis Adam, le monde dans ma serre ;
Quoique tombé du ciel, foudroyé par son père,
J'abreuve ma pensée aux sources du savoir,
Et mon intelligence a gardé tout pouvoir ;
J'étouffe l'hymne saint et nourris le blasphème ;
J'efface dans le cœur des hommes Dieu lui-même ;
Ou, retenant son vol, j'attache, énorme poid,
Les superstitions aux ailes de la foi ;
Contre la vérité mon erreur souveraine
Jette des champions, tous les jours, dans l'arène ;
Mon évangile ayant de sa moëlle repu
Des esprits dangereux, par eux j'ai corrompu
Le bon, le vrai, le beau jusque dans leur racine ;
Eh bien ! je tombe ici sous sa vertu divine.
D'un signe, d'un regard, à ses pieds il m'abat,
Et ma force me quitte à l'heure du combat.
Ma haine cependant amasse sa tempête
Dans mon cœur soulevé. L'orgueil lui tiendra tête.

(Il s'avance vers le Christ, et arme son regard de toute
son audace.)

LE CHRIST.

Cette assurance est vaine, et j'ai lu dans ton cœur.

L'ANTÉCHRIST.

Sois d'un premier succès moins fier, jeune vainqueur ;

e juges-tu dompté? La lutte recommence;
es deux chars vont partir; la carrière est immense.

LE CHRIST.

Ma croix est immuable; et ta main peut frapper;
Elle ne parviendra jamais à la saper;
Ma croix est le pilier de l'état que je fonde
Et qui doit parvenir jusqu'aux bornes du monde.

L'ANTÉCHRIST.

Contre le ciel, du fond de mes gouffres brûlants,
J'ai fièrement lutté pendant quatre mille ans;
Malgré toi, je vaincrai l'homme nouveau, tout comme
L'on m'a vu jusqu'ici terrasser le vieil homme.
Que peux-tu m'opposer? Les vertus des chrétiens?
Pour un temps. Des martyrs? Toute cause a les siens.
De la chair, de l'esprit tu tentes le divorce;
Cette union m'est chère et j'en ferai la force.
S'attachant à leurs pas, la sombre passion
Assurera toujours leur commune action.
L'un pour l'autre du mal s'établissant l'apôtre,
Je les ferai toujours succomber l'un par l'autre;
Ils iront tous les deux se heurter à l'écueil:
La chair aux voluptés et l'esprit à l'orgueil.
Le sang et la raison dans la même révolte
Se ligueront ainsi. Que sera ta récolte
Dans tes champs cultivés, superbe moissonneur?
Quelques maigres épis dans la main du glaneur.

Tu comptes réformer l'homme par ta parole
Et lui faire oublier lui-même, son idole ?
Tu veux qu'il se renonce et s'abandonne à toi ?
C'est là, si je ne faux, tout le sens de ta loi.
— Sous ta loi pour un temps l'humanité fléchie,
Rebelle par mes soins, reverra l'anarchie.
Ton verbe est dangereux ; glaive à double tranchant,
L'homme se blessera, sois sûr, en y touchant ;
Il sera mal compris, et dix mille interprètes,
Cent fois plus ténébreux que les sombres prophètes,
Venant pour expliquer le texte de ta loi,
De voiles plus épais entoureront la foi.
Les sectes tous les jours s'ajouteront aux sectes ;
Je confondrai les sens avec les dialectes ;
On ne s'entendra plus ; une foule de sots
Feront, en ton honneur, la bataille des mots ;
Quel spectacle pour toi, quand, autour d'une table,
Tous ces docteurs auront, d'une voix formidable,
L'œil en flamme, d'un mot ou d'un sens contesté,
Fait jaillir mille erreurs pour une vérité !
Usant de mon pouvoir, j'imite Dieu, ton père ;
A mon tour j'ai créé, dans un jour de colère,
Un fils intelligent que le monde a pu voir.
Je l'attache à tes pas, il saura son devoir.
Aux luttes du discours sa langue est aguerrie ;
Contre Jérusalem il arma Samarie ;
Au temple du Seigneur Garizim s'opposa (1),

---

(1) Temple bâti sur la montagne de ce nom, près de Samarie, par le schismatique Manassès.

Et parmi les docteurs ce fils subtilisa.

Crains le schisme, tes yeux ont pu voir ses merveilles;

Tu peux te préparer à des luttes pareilles.

Le trouble se mettra dans ton camp; les chrétiens

Auront leurs publicains et leurs pharisiens :

De leur schisme fatal naîtront les hérésies,

Les noires trahisons et les apostasies;

Leurs guerres s'éteindront dans des fleuves de sang.

Mais ce n'est pas assez : plus tard, le mal croissant,

Un démon plus affreux, que tout esprit écoute,

Agitera les cœurs épouvantés, le doute;

Enfin, de leurs poisons tuant la vérité,

Viendront l'indifférence et l'incrédulité.

Pour combattre ta foi de tout côté bannie,

Je ne leur donnerai qu'une arme, l'ironie :

Ta foi succombera, c'est le dernier combat,

Et l'Évangile mort vengera le sabbat.

Tes temples resteront ouverts par l'habitude;

Mais le livre sacré, dédaigné par l'étude,

Deviendra, lui qui fit pâlir tant de savants,

L'alphabet déchiré, tourné par les enfants.

Si l'enfer par la peur, le ciel par l'espérance,

Fixent quelques chrétiens dans la persévérance,

La plupart se feront d'autres législateurs :

On verra revenir des Christs, des fondateurs;

D'un sens matériel revêtant ta morale,

Ils viendront d'Arius refaire le scandale.

Fils de Dieu par amour pour cette humanité,

Subissant une chair et son infirmité,

Tu devins fils de l'homme; ils voudront davantage;

Ils te diront encore homme seul, sans partage
D'une divinité qu'ils n'accepteront pas,
Magnifiques honneurs dont je ne voudrais pas.

LE CHRIST.

Esprit calamiteux, qui fatigues ton aile
Dans le gouffre sans fond d'une nuit éternelle,
Où, pour ton désespoir, ne pénètre jamais
Le plus faible rayon parti de nos sommets,
Depuis que foudroyé de ta riche nature,
Lucifer, tu n'es plus qu'une planète obscure ;
Depuis que la beauté, la vérité, l'amour,
De ta sphère de bronze ont éloigné le jour,
Aveugle, tu ne vois que de pâles fantômes,
Et tu ne peux sonder le cœur profond des hommes.
Pour comprendre ce cœur Lucifer n'est plus fait.
L'homme, nature mixte, être encore imparfait,
Fut composé par nous d'ombres et de lumière ;
Entre le ciel et toi, dans la moyenne sphère
Il flotte, entre le bien et le mal balancé,
Entre ton influence et la nôtre placé.
Tu peux, on le permet, tu peux jeter le trouble
Dans les sombres bas-fonds de sa nature double ;
Mais les sérénités, les pures régions,
La part inaccessible à tes contagions,
Tu n'y saurais atteindre, et tes vaines malices
Ne pourront nous chasser de ces lieux de délices,
Car nous nous complaisons dans l'homme destiné
A l'extase sans fin pour laquelle il est né.

Sa sphère est un creuset où je veux qu'il épure,
En dégageant le bon du mauvais, sa nature.
J'assiste à ce travail, et je l'aide toujours,
Car tu viens par ta haine en arrêter le cours.
La vie humaine ainsi n'est qu'une courte lutte
Où Dieu veut sauver l'homme, où Satan veut sa chute;
Je réserve la palme à sa victoire; et toi,
Ton esprit se croit libre, il accomplit ma loi.
Il est dans nos desseins que tu livres la guerre
Au cœur, à la raison de l'homme sur la terre;
Mais nous ne verrons pas l'erreur, la volupté,
Enchaîner pour toujours la pauvre humanité;
Car, lorsque du côté de ta nuit descendue,
Triomphant, pour le ciel tu la croiras perdue,
Mon amour vigilant l'enlèvera vers moi;
L'équilibre sera rétabli malgré toi.
Pourquoi suis-je venu, quittant ma paix profonde,
Enseigner, et souffrir, et mourir dans ce monde?
C'est que l'homme tombait; il lui fallait mon bras;
Par le poids lourd du mal tu l'entraînais en bas;
Envahissant en lui la substance divine,
Tu l'eusses emporté plus tard dans ta ruine.
J'ai relevé bientôt le noble combattant;
J'ai réparé sa force, et près de lui luttant,
Je l'ai prêché d'exemple, et voyant ta victime
T'échapper, de tes cris tu fis trembler l'abîme.
Va, si tu fais veiller ta haine à son côté,
Je fais veiller aussi l'ardente charité.
A mon immense amour pour la nature humaine,
Satan, ne songe point à mesurer ta haine;

Et ne crois pas non plus que l'homme puisse un jour
Se passer de ma loi, vivre sans mon amour.
— Quand il cherche, égaré, la volupté grossière,
Quand à ce fruit brillant, mais rempli de poussière,
Il a porté sa bouche, et que sa passion
A vu surgir en lui la désolation;
Quand il voit par tes soins les horreurs d'un martyre
Remplacer un bonheur, une ivresse, un délire;
Lorsque, — puissant, repu de ses plaisirs fangeux,
Sentant toujours le trouble en son cœur orageux,
Il demande la paix que refuse la terre,
Et que son âme entend encor le cri de guerre;
Lorsque, — pauvre, égaré par le pied souverain,
Ensanglantant sa bouche aux épines du frein,
Buvant ses pleurs, rasant la terre de sa tête,
Esclave de son frère, au-dessous de la bête,
Il marche, et que la honte, en ravivant ses maux,
Les fait tels qu'il ne peut les peindre par des mots;
Lorsque l'humanité, — plaintive ou rugissante,
Appelle une pitié sourde où sa joie absente,
Alors, vers l'empirée elle tourne les yeux;
Elle dit : Versez-moi votre rosée, ô cieux!
Alors, les empereurs se troublent sur leurs trônes
Et laissent attacher ma croix à leurs couronnes.
On en voit, rejetant le sceptre comme un poids,
Qui trouvent plus léger le fardeau de ma croix.
Les petits, altérés des eaux de mes fontaines,
De ces bassins ouverts tirent leurs urnes pleines.
Pour trouver mon amour on fuit la volupté,
On s'éloigne à grands pas de l'immonde cité,

Le désert est compris, et dans la solitude,
Des hommes, morts à tout, n'ont que Dieu pour étude;
Le jeûne et la prière ont chassé les festins;
Pour me suivre on s'arrache aux plus riches destins,
Car on entend dessous le marteau des ruines :
On demande à grands cris les voluptés divines.
L'amour n'existait pas avant Emmanuel,
L'amour qui donne au cœur un avant-goût du ciel,
L'amour qui le saisit, flamme active, et l'embrase,
Pour le transfigurer au foyer de l'extase.
Oh! lorsqu'on l'a connu, cet amour, et senti,
Le faible et le puissant, le grand et le petit,
Tous me disent : Venez! Mon Verbe à l'âme humaine
Ouvre de l'infini l'éblouissant domaine.
Et tu veux qu'on me quitte! et tu veux que ma croix
Soit méprisée un jour des peuples et des rois!
Tu veux que, ramenée aux instincts de la brute,
L'humanité périsse enfin dans cette lutte!
— Eh bien! suppose donc, mourant sur ses essieux,
Que le soleil un jour pâlisse dans les cieux,
S'éteigne par degrés, et qu'une nuit profonde,
De son manteau funèbre enveloppe le monde,
Entends-tu les clameurs que les champs, les cités,
Les océans, les monts, jettent épouvantés?
Que deviendra la terre et les fruits qu'elle porte,
Et l'homme survivant à la nature morte?
Comme des insensés, haletants, l'œil hagard,
Les cheveux en désordre, ils courent au hasard,
S'appelant, se cherchant et demandant leur route,
Levant en vain leurs yeux vers la sublime voûte,

TABLE.

LIVRE PREMIER.

PREMIÈRE PARTIE. — *Le chant de Débora.*

SOMMAIRE. — Jéhu gémit sur Jérusalem. Rachel, sa jeune
épouse, se confie dans le secours de Dieu, et dans un élan
patriotique, saisissant une cythare, elle dit le chant national de Débora. Elle finit à peine, que la trompette sonne :
transporté d'ardeur, Jéhu prend ses armes et court à la

DEUXIÈME PARTIE. — *Bataille.*

SOMMAIRE. — Les assiégés font une sortie contre le camp
romain. — Un chœur israélite éclate, dans lequel sont mises en présence la folle audace de Rome et la puissance de
Jéhova. Simon, fils de Gioras, maître d'une grande partie de
la ville, harangue les troupes et leur promet la protection
du ciel. On s'élance au combat. — Chœur héroïque auquel
répond un autre chœur dans le camp ennemi. Ici, le poète

TROISIÈME PARTIE. — *Le Tentateur.*

SOMMAIRE. — Deux factions divisent Jérusalem. Jean de Giscala, chef de l'une de ces factions, a envoyé un sicaire, Sadoc, contre Simon, son rival, avec ordre de le poignarder.

A la vue de Sara, femme de Simon, Sadoc, homme difforme et de petite taille, mais dont l'esprit est plein de ressources, a éprouvé un sentiment qu'il n'avait .pas connu encore ; et, au lieu de tuer Simon, il s'attache à lui comme à un nouveau maître. De son côté, le mari de Sara est follement épris de Rachel, et veut faire de Sadoc l'instrument d'une passion que celui-ci a d'excellentes raisons de flatter. Sadoc promet de lui livrer Rachel.... . . . . *Page* 35

LIVRE DEUXIÈME.

Pendant ce temps-là, livré à ses remords, Simon s'accuse lui-même devant sa femme, et aperçoit, aux premiers feux du jour, cinq cents croix qui ont été dressées, pendant la nuit, à la tête du camp romain, et où l'on va clouer des prisonniers. . . . . *Page* 115

DIXIÈME PARTIE. — *Les Croix.*

SOMMAIRE. — A la vue des cinq cents croix dressées, Jérusalem s'est rendue presque tout entière sur les murailles. Le vieux Caïphe, autrefois prince des prêtres et juge du Christ, croit revoir la scène du Golgotha, puis, s'exaltant dans sa vision, prophétise l'avenir de l'Eglise, la ruine de Jérusalem et celle de Rome. Rachel reconnaît au milieu des victimes son mari Jéhu, qui n'est encore attaché à la croix que par des liens. Elle passe par toutes les péripéties de la terreur et de l'espoir. Simon attaque le camp. Jéhu est délivré. *Page* 127

LIVRE TROISIÈME.

ONZIÈME PATIE. — *Le Chant de Samson.*

SOMMAIRE. — Les partisans de Simon, réunis dans le Palais-Royal, désespérant de sauver la ville, s'abandonnent : les uns, à l'idée des plaisirs, qui font tout oublier ; les autres, craignant Dieu, à la prière et à l'espérance d'une vie meilleure. Simon survient, leur reproche leur lâcheté, les engage à s'ensevelir avec lui, plutôt que de se rendre, sous les ruines de la ville, et leur rappelle l'épisode de Samson. Cependant, des flammes éclatent dans toutes les parties de la salle. Sadoc a tenu sa promesse et mis le feu au palais, qu'assiége Giscala avec sa troupe. Tumulte et combat. Simon s'ouvre un passage, l'épée à la main, mais il reçoit une blessure dangereuse. . . . . *Page* 141

DOUZIÈME PARTIE. — *La Circonvallation.*

SOMMAIRE. — Les Romains, pour affamer la ville, ont pris enfin le parti de l'environner d'une ceinture de forts. Cons-

ERRATA.

Page 55, ligne 7, un hémistiche a été omis; après ce vers :

Sion reparaîtra dans sa robe de fête.

Lisez :

A moi, mes compagnons !

Page 56, ligne 21, au lieu de :

Le voilà ! je te trouve à la fin !

Lisez :

Le voilà ! le destin m'a servi.

Page 333, ligne 1re, au lieu de :

— Vous n'avez donc pas d'âmes !

Lisez :

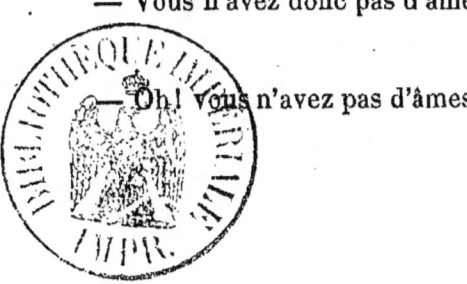

— Oh ! vous n'avez pas d'âmes !

Póur paraître :

ODETTE ET LUCIO,

POÈME.